Ulrike Dietmann

Das Medizinpferd

Band 1: Einweihung

spiritbooks

© 2012 spiritbooks, 73230 Kirchheim/Teck
Verlag: spiritbooks, www.spiritbooks.de
Autor: Ulrike Dietmann
Coverbild: Kim McElroy, www.spiritofhorse.com
Covergestaltung: Ulrike Linnenbrink,
www.design.ulinne.de
Druck und Verlagsdienstleister: www.tredition.de
Printed in Germany
ISBN: 978-3-9814714-5-8

Handlungen und Personen dieses Romans sind frei erfunden. Ähnlichkeiten mit realen Handlungen oder Personen sind rein zufällig.

Für meine Sternschuppen: Martin, Joel, Lea
Für Tinnia, das flüsternde Pferd
Für Gitanes, das Mysterium

1

"Lesen Sie das", sagte Frau Barzi.

Die kleine, rothaarige Frau mit dem Namen, der Valerie an Warzen und Hexen erinnerte, hatte das Buch einfach aus ihrer Handtasche gezogen und wie einen kalten Fisch in Valeries Hand gleiten lassen. Valeries Widerstand war zu schwach, um Nein zu sagen. Sie war Frau Barzi schon ein paar mal auf der Straße begegnet, oder, wie jetzt, beim Bäcker und die Warze hatte sie jedes Mal begrüßt, als würden sie sich kennen, aber das war nicht der Fall. Frau Barzi röchelte ein wenig beim Atmen und sah überhaupt sehr zerbrechlich aus, weswegen Valerie es sowieso nicht fertig gebracht hätte, ein Geschenk von ihr zurückzuweisen.

Valerie hätte gern gewusst, was für ein Buch es war, aber es war in einen dicken blauen Schutzumschlag gehüllt als wäre es zu gefährlich, die Identität des Buches in Schlattstall, diesem Kaff am Ende der Welt, zu lüften. Frau Barzi lächelte verschwörerisch.

"Sieht interessant aus", sagte Valerie und lächelte zurück. Die Bäckersfrau blickte neugierig und wissend über ihre Mohnschnecken hinweg. Es entstand ein Gefühl, als wären sie alle Teil einer geheimen Mission, deren Epizentrum ausgerechnet Schlattstall war, dieser hingeworfene Häuserhaufen, umgeben von drei finsteren Steilhängen, die alles, was hier geschah, streng vor den Augen der Welt verbargen. Vielleicht, dachte Valerie, konnten echte Verschwörungen nur an einem Ort wie diesem gedeihen oder vielleicht ging auch nur ihr armer, in tausend Teile zersplitterter Verstand wieder einmal mit ihr durch.

Frau Barzi atmete rasselnd und Valerie kniff die Augen zusammen. Ihre Augen waren entzündet, seit dem Tag, an dem jemand Valerie aus ihrem Körper herausgerissen und nicht ordnungsgemäß wieder zurückgebracht hatte. Seit drei Monaten ungefähr, der irdischen Zeitrechnung zufolge, aber wer hielt sich schon daran?

"Auf Wiedersehen", sagte Valerie.

Zuhause schlug sie das Buch unwillkürlich auf irgendeiner Seite auf. *Das Leiden am Auge, dem Tor der Seele, deutet darauf hin, dass Sie etwas Wichtiges nicht sehen wollen*, stand da.

Das trifft es, dachte Valerie, haha, und ihre Augen fingen wieder an wie verrückt zu jucken. Das Licht fiel gleißend zum Südfenster herein, sie schloss die Jalousie bis nur noch dünne Bündel durch die Beulen in den Lamellen drangen, und öffnete die Terrassentür für Miou. Die Graue strich um Valeries Knöchel und schlang den Schweif um ihre Waden. Der Schmerz in ihren Augen stach wie tausend Nadeln.

Das Telefon klingelte. Valerie verharrte. Etwas, das spürte sie genau, lauerte in der linken Ecke des Zimmers, dann sprang es zum Telefon und schrie: Heb ab. Valerie war entschlossen, dem Gespenst, das sich, ohne von ihr eingeladen worden zu sein, in ihrem Haus breit gemacht hatte, auf keinen Fall nachzugeben. Sie zündete eine Kerze auf der Kommode an und sah, wie eine Schnake auf das Kerzenlicht zuflog. Valeries Herz zog sich zusammen.

Ich darf auf keinen Fall das Tor meiner Seele öffnen, um etwas Wichtiges zu sehen, dachte Valerie, denn wenn ich es tue, werde ich verbrennen wie dieses arme Insekt.

Valerie starrte auf die Überreste der verkohlten Schnake und Mitleid brach über sie herein, sie wollte sich hinlegen und mit dem wehrlosen Wesen sterben.

Wo war die Seele des armen Tiers jetzt? Da, wo auch Miriams Seele war? Sie schloss die Augen und eine Flut von Bildern rollte heran. Sie konnte sich nicht erinnern, jemals so viel Fantasie gehabt zu haben wie seit dem 23. September. Blutige Gefechte spielten sich da ab, sie sah Pferde, die in Panik flohen, eine Versammlung von heiligen Männern und eine weite Steppenlandschaft. Ein Pferd schälte sich aus der rasenden Bilderflut heraus und nannte ihr seinen Namen. Sie überlegte, ob sie den Namen des Pferdes aufschreiben sollte, und suchte mit zitternden Fingern nach einem Kuli in der obersten Schublade der Kommode. Zu müde, um sich auf einen Stuhl zu setzen, ließ sie sich auf den Boden fallen, lehnte sich mit dem Rücken am Sofa an und zog ein Stück Zeitung zu sich her, um den Namen des Pferdes auf den freien Rand zu kritzeln.

Blutbad in Arizona, las sie die Titelzeile eines Artikels und es kam ihr vor, als bestünde eine merkwürdige Verbindung zwischen ihren Bilderfluten und dem Artikel. Das trifft es, dachte sie, und umzirkelte die Titelzeile.

Sie wollte endlich den Namen des Pferdes aufschreiben, da schwappte eine Welle süßer Glückseligkeit über sie herein und sie hatte das Gefühl, aus ihrem Körper herauszutreten, genau wie an jenem Tag, als ... Schreiben, schreiben, befahl sie ihrer Hand. Aber es war so schön, da draußen in dieser Glückseligkeit herumzuschwimmen und sie wollte es noch ein wenig auskosten. Sie war so müde, so müde ... der Schlaf übermannte sie.

Als sie wieder aufwachte, war es draußen dunkel und die Kerze fast heruntergebrannt. Sie griff nach der Zeitung und sah, zu ihrer Verwunderung, dass am Rand tatsächlich etwas geschrieben stand:

Ein Pferd namens Gitanes
Schwarz-weiß gescheckt
Berber
Sein Kopf erinnert an einen Indianer

2

"Ja?" Valerie hielt den Hörer von sich weg, als erwarte sie instinktiv etwas Unangenehmes.

"Der Spind Ihrer Tochter ..."

Valerie konnte nicht antworten.

"Kommen Sie vorbei? ... Oder sollen wir die Sachen wegwerfen?"

Das Etwas in der linken Ecke hüpfte wie ein Kobold auf und ab. Du musst sterben, keifte es schadenfroh.

"Ich komme."

Bevor Valerie sich auf den Weg machte, entfernte sie den Schutzumschlag des Buches, das Frau Barzi ihr gegeben hatte und las den Titel: *Gespräche mit Verstorbenen*.

Der Geruch von Pferdemist zog Valerie in die Nase und der Juckreiz in ihren Augen wurde unerträglich. Sie hatte Pferde nie gemocht, früher nicht und jetzt noch weniger, sie hätte nichts lieber getan, als umzukehren und wegzulaufen. Ein hübsches Mädchen mit großen schwarzen Augen und langen kastanienbraunen Haaren führte ein schwarzes Pferd über den Hof. Das Mädchen drehte sich um, Valerie hatte das Gefühl, dass das Mädchen, das vielleicht dreizehn war, ihre Gedanken las. Vielleicht war sie eine Freundin von Miriam gewesen.

Es kostete Valerie enorme Kraft, das hölzerne Scheunentor zur Seite zu schieben, aber die Anstrengung brachte sie in die Gegenwart zurück. Ein Hund sprang ihr entgegen, sie erschrak und stieß das nach feuchten Haaren riechende Tier von sich.

Miriam hatte ihr einmal den Spind gezeigt, ganz am Anfang, als sie das riesige Pflegepferd übernommen hatte. Ich habe zu wenig Zeit mit Miriam im Stall verbracht, praktisch gar keine, dachte Valerie, weil ich Pferde verabscheue. Ich habe Miriams Liebe zu den Pferden nie ernst genommen. Aber wie konnte ich auch? Sie sind gefährlich, lebensgefährlich. Es ist unvorstellbar, sich länger in ihrer Nähe aufzuhalten. Ich war eine schlechte Mutter.

Auf dem Türflügel des Spinds war ein Foto vom Riesen, einem der hässlichsten Pferde, das Valerie je gesehen hatte. Korbas, hieß er. Ein hässliches Pferd mit einem noch hässlicheren Namen. Es war alles so unvorstellbar.

Die Tür des Spinds gab ein blechernes Geräusch von sich, als Valerie sie mit einem Ruck öffnete. Miriams Reithelm fiel ihr entgegen und rollte über den Boden. Sie hob ihn auf und strich zärtlich darüber, als könne sie damit etwas wiedergutmachen. In den Fächern fand sie ein paar Reithandschuhe aus braunem Leder, ein paar Cowboystiefel, Größe 35, eine Tüte Pferdefutter, eine Dose Huffett, einen Pinsel, einen Hufkratzer, eine große und eine kleine Pferdebürste. Die Gegenstände anzufassen, dachte Valerie erschrocken, fühlte sich an, als würde sie Miriam berühren oder das, was Miriam jetzt war.

Valerie umschloss den Hufkratzer mit den Fingern und sie zogen sich unwillkürlich zusammen, bis ihre Knöchel weiß wurden. Dieser orangefarbene Hufkratzer aus Plastik mit den struppigen, verbogenen Borsten war die einzige Verbindung zu Miriam, die sie jetzt noch hatte.

Die Tür zur Sattelkammer wurde mit einem brutalen Ruck aufgestoßen, weil das Türblatt klemmte, und eine zierliche Frau mit einem Schlapphut und dünnen, hellbraunen Haaren trat ein. Über ihrer geblümten Bluse trug sie eine gehäkelte Jacke, die ihr etwas Schrulliges verlieh, als wäre sie einem Kinderbuch entsprungen.

"Sie sind Miriams Mutter?", sagte die Fremde und wieder hatte Valerie das unangenehme Gefühl, dass jemand ihre Gedanken las. Valerie verstaute den Hufkratzer in einer Stofftasche, als wäre sie bei etwas Verbotenem ertappt worden.

"Ich kann mir vorstellen, was Ihnen jetzt durch den Kopf geht", sagte die Figur aus dem Kinderbuch. Wer hatte sie gebeten, etwas zu sagen?

Kannst du nicht, dachte Valerie und starrte auf den Boden. Ihr Blick fiel auf ein Paar Cowboystiefel aus türkisgrünem Krokodilleder, vorn spitz zulaufend, mit Steppnähten.

"Miriam hat auf Sie gewartet", sagte die Mischung aus Cowgirl und Mary Poppins.

"Wie meinen Sie das?"

"So wie ich es gesagt habe."

"Das verstehe ich nicht."

"Tun sie."

Valerie fand die Antwort unverschämt und eindeutig zu privat. "Bitte lassen Sie mich jetzt allein. Das hier ist sehr schwer für mich."

"Wenn Sie mit jemandem sprechen wollen. Hier ist meine Karte."

Wut schoss in Valerie hoch. Die Fremde war auf Kundenfang, ausgerechnet jetzt. Deshalb war sie gekommen, sie wollte sich an Valeries Verfassung bereichern. Valerie ignorierte die ausgestreckte Hand mit der Karte und wandte sich wieder dem Spind zu. Hinter ihrem Rücken hörte sie, wie die Frau den Raum verließ. Sie ließ eine merkwürdige Stimmung zurück, wie eine klebrige Wolke. Valerie hatte das Gefühl, an einem Pendel zu hängen und zwischen zwei Welten hin und her zu schwingen, eine unwirklicher als die andere.

Einen Moment lang fragte sich Valerie sogar, ob diese Frau tatsächlich hier in der Sattelkammer gewesen war oder ob sie sich das Ganze nur eingebildet hatte. Seit Miriams Unfall spielten sich in ihrem Verstand alle möglichen Phänomene ab, die die Grenzen der Wirklichkeit bis ins Unkenntliche verzerrten. Valeries Blick schnellte zu der Futterkiste, wo die violette Visitenkarte lag, als Beweis, dass die Lady tatsächlich dagewesen war. Valerie kam nicht dazu, die Karte zu lesen, weil im selben Moment das Mädchen, dem sie auf dem Hof begegnet war, in Begleitung einer Freundin, in der Tür erschien. Valerie ließ die Visitenkarte schnell in der Gesäßtasche ihrer Jeans verschwinden.

Aus dem hintersten Winkel des Spinds zog sie eine Postkarte vor und blies den Staub von der Oberfläche. Das Foto zeigte ein schwarz-weiß geschecktes Pferd. Die Worte, die sie notiert hatte, fielen ihr wieder ein. Sie drehte die Postkarte um, dort stand in Miriams kindlicher Handschrift: *Ein Pferd namens Gitanes.* Valerie wurde schwindelig. Am Rand der Karte stand in kleinen Druckbuchstaben als Rassenbezeichnung des Pferdes: *Berber-Paint-Mix.* Sie sah sich das Pferd an und dachte an die vierte Zeile, die sie notiert hatte: *Sein Kopf erinnert an einen Indianer.* Sie studierte den Kopf des Pferdes und fand, dass er tatsächlich etwas von einem Indianer hatte.

Sie räumte den Spind vollends leer, nahm auch den Sattel, das Zaumzeug und den halb leeren Futtersack mit und verstaute alles im Kofferraum. Sie brachte es nicht fertig, die Sachen ins Haus zu bringen. Irgendwie schien der Kofferraum ein   passenderer Ort für Miriams Hinterlassenschaften zu sein, eine bewegliche Zwischenwelt.

Zuhause kramte Valerie in einer Schachtel mit Pferdepostkarten, die in einem Regal in Miriams Zimmer stand. Sie wollte um jeden Preis eine Erklärung für die seltsame Überschneidung ihrer Notizen und der Postkarte in Miriams Spind finden. Sicher hatte sie die Karte mit dem schwarz-weiß gescheckten Pferd schon einmal gesehen, bevor Miriam sie in den Stall mitgenommen hatte und deshalb war sie ihr zufällig in den Sinn gekommen. Vielleicht hatte Miriam ihr die Karte auch gezeigt und ihr gesagt, dass sie sie mitnehmen würde, obwohl Valerie sich nicht daran erinnern konnte. Sie entdeckte eine Serie von Karten, auf denen diverse Pferderassen dargestellt waren, zu denen auch die Karte mit dem Berber gehörte. Wenn sie die Karte tatsächlich schon einmal herumliegen gesehen hatte, vielleicht aufgeräumt und dabei in die Hand genommen, dann war die Präzision des menschlichen Erinnerungsvermögens erstaunlich. Woher hätte sie sonst ein schwarz-weiß gescheckltes Pferd von der Rasse *Berber* kennen können, wo sie noch nicht einmal wusste, dass es eine Pferderasse namens *Berber* gab.

Wie jedoch war der Name des Pferdes *Gitanes* erklärbar? Wahrscheinlich hatte sie den Namen ebenfalls beim Aufräumen gelesen, ihr Unbewusstes hatte Gefallen gefunden an *Gitanes*, auf deutsch *Zigeuner,* weil sie schon als Kind immer mit den Zigeunern hatte herumreisen wollen – und so war es ins große Archiv des Unbewussten auf die vorderste Regalreihe gewandert. Solche Dinge waren für Psychologen, Therapeuten und Hellseher wahrscheinlich normal. Sie legte die Karte zu den anderen Karten in die Schachtel zurück. Die Erklärung mit dem Unbewussten gefiel ihr, je länger sie darüber nachdachte.

Um den irritierenden Geruch nach Stallmief, der aus ihrer Jeans und ihrem Pulli aufstieg, loszuwerden, ging sie ins Schlafzimmer und zog sich um. Als sie die Jeans über ihre Hüften schob, fiel die Visitenkarte der Frau mit dem

Schlapphut aus ihrer Gesäßtasche und blieb mit der Rückseite nach oben auf dem Teppich liegen. Etwas war mit
Handschrift darauf notiert. Valerie bückte sich. *Gitanes,*
stand dort in krakeliger Handschrift. Valeries Gedanken
standen still.

3

Die Vernunft sagte ihr, dass sie mit jemandem reden sollte, mit einem Menschen, der Verständnis für ihre Situation hatte, aber die Kraft, jemanden anzurufen, konnte sie nicht aufbringen. Ihr Verstand sagte ihr auch, dass dieser jemand auf keinen Fall Cowboystiefel aus türkisenem Krokodilleder trug.

Der Wind tanzte mit dem Windspiel, das im Apfelbaum hing und ließ ein engelsgleiches Geräusch erklingen. Valerie biss in das Fleisch einer Orange, leckte sich die Finger ab und hatte das Gefühl, die Orange wäre türkis.

Nun, da Miriam nicht mehr da war, fiel ihr erst auf, dass sie ihre Freundschaften seit Jahren hatte verkommen lassen und dass es so gut wie keinen vertrauten Menschen in ihrem Leben gab. Niemand rief sie an, um sie zu fragen, wie es ihr ging. Fünf Kondolenzkarten hatte sie erhalten, eine von Miriams Schulklasse, drei von entfernten Freundinnen und eine vom neuen Pfarrer der Gemeinde, den sie noch nie gesehen hatte.

Miou sprang auf ihren Schoß, rückte ihre Gliedmaßen einer unsichtbaren Geometrie folgend zurecht, und ließ alle Anspannung fallen. "Du bist die Einzige, die ich noch habe", sagte Valerie und strich über das graue Fell. Am Nachmittag gab sie dem Klingeln des Telefons erneut nach. "Wir haben seit Wochen nichts von dir gehört." Es war ihre Schwester

Tamara mit der Reibeisenstimme.

"Ich von dir auch nicht", erwiderte Valerie schwach.

"Bist du okay?", fragte Tamara.

"In jeder Hinsicht", erwiderte Valerie.

"Kannst du einen Kuchen mitbringen? Besser zwei. Einen mit Buttercreme und Alkohol und etwas Trockenes für die Kinder, das sie in die Hand nehmen können." Valeries Blick fiel auf den Kalender. Welcher Tag war heute?

"Du kommst doch?"

Wenn ich bis dahin nicht auf einem Hexenbesen davongeflogen bin, dachte Valerie. Der Gedanke an den Geburtstag ihrer Mutter im Familienkreis kam ihr so fremdartig vor wie die Landung eines Raumschiffes auf einem Kuchenteller.

"Wie geht es dir? Du weißt, ich will die Wahrheit hören. Ich weiß sowieso, was los ist."

Einen Augenblick lang überlegte Valerie, ob sie Tammy von der multiplen Erscheinung des Namens *Gitanes* und dem Hufkratzer erzählen sollte, der eine Verbindung ins Totenreich darstellte.

"Es geht mir wie immer, ganz gut", sagte sie dann.

"Lüge."

"Lass mich in Ruhe, Tammy. Ich bin okay."

"Es wird dir gut tun, unter Menschen zu kommen."

Sicher, dachte Valerie.

"Um halb eins gibt es Mittagessen ... Trägst du schwarz?"

"Nein."

"Arbeitest du?"

"Alles ist in bester Ordnung, Tammy." Mit einem Knall legte sie den Hörer auf.

Sie dachte daran, dass sie Miriam immer mit Reitstunden hatte erpressen müssen, damit sie mit zu den Familienfesten kam. Zehn Reitstunden für den Geburtstag von Tante Leonie letztes Jahr. Valerie schämte sich bei dem Gedanken daran. Niemand sieht mich dort und niemand hört mich, hatte Miriam sich beklagt. Sie behandeln mich, als wäre ich unsichtbar.

Valerie verbrachte den Rest des Tages damit, Zutaten für einen Zitronenkuchen und eine Schwarzwälder Kirschtorte zu besorgen. Während sie Mehl, Backpulver und Zucker auf dem Backbrett ausbreitete, hörte sie Miriams Stimme, als stünde Miriam neben ihr auf einem Hocker, würde Zucker und Mehl abwiegen und Eier aufschlagen. "Das Mehl ist der Drache, der die Eier legt. Er füttert die Eier mit Backpulver, damit sie groß und stark werden." Sorgfältig legte Valerie die Dotter in die Kuhle. "Dann pustet er Zucker auf die Eier, damit sie auch ein bisschen was zu naschen haben."

Valerie bereute zutiefst, dass sie zugesagt hatte. Sie wusste, dass ihre Familie Miriams Tod nicht aushalten konnte, und alles tun würde, um einen Schuldigen – und eine Erklärung – zu suchen. Sie würden irgendetwas Hässliches sagen. Valerie zerschnitt mit dem Messer die Butter wie der Drache, der gegen ein Feuer speiendes Ungeheuer kämpft.

Während sie das Backbrett attackierte, fiel ihr die verrückte Frau mit den Krokodillederstiefeln wieder ein. Valerie lief ins Schlafzimmer. Die Visitenkarte lag auf dem kleinen afrikanischen Tisch neben ihrem Bett, immer noch mit der Rückseite nach oben. Valerie drehte die Karte um. Evi Schäfer, *Schamanische Lebensbegleitung*, stand dort, zusammen mit einer Telefonnummer. Daneben war ein Pferd in den Farben des Regenbogens abgebildet. Schamanische Lebensbegleitung, dachte Valerie, und hatte keine Ahnung, was damit gemeint war.

Nachdem sie den Tortenboden aus dem Ofen gezogen hatte, beträufelte sie ihn mit Alkohol und belegte ihn mit Kirschen. Sie setzte die Schichten der Schwarzwälder Torte zusammen und dachte an das Zitat aus dem Buch von Frau Barzi über die Augen, und das, was die Augen nicht sehen wollten. Sie bestrich den ganzen Kuchen mit Sahne, bis er blickdicht war und streute Schokoplättchen darüber.

"Hallo, Tom." Valerie umarmte ihren Vater flüchtig. Sie und Tamara sprachen die Eltern schon lange mit Vornamen an. Es war Tamaras Idee gewesen, die unbedingt erwachsen sein wollte, und Valerie hatte mitgemacht, weil die Anrede *Mama* und *Papa* ihr wie Dienstbezeichnungen vorgekommen waren.

"Wie geht es dir?", erwiderte ihr Vater und nahm ihr den Mantel ab. Ohne eine Antwort abzuwarten, schob Tom sie den Flur entlang ins Wohnzimmer.

Valeries Mutter war wie immer ein wenig übertrieben geschminkt und trug eine karierte Bluse und eine Röhrenhose, mit einer breiten Gürtelschnalle. Ihre Mutter hatte es sich in den Kopf gesetzt, das Mädchen vom Lande, in der amerikanischen Variante, zu mimen, auch wenn sie in Berlin aufgewachsen war und den größten Teil ihres Lebens in Groß-städten verbracht hatte. Die Idee hatte sie von einem Urlaub im amerikanischen Westen mitgebracht. Vor ein paar Jahren hatte sie Tom überzeugt, ein Haus auf dem Dorf zu kaufen und einen Hund. Inzwischen waren es drei – Doggen.

Schlecht erzogen stürmten sie auf Valerie zu. Valeries Mutter kommandierte die Hunde herum, auf eine Art, die nicht die geringste Wirkung auf die Doggen hatte. Bei Menschen hatte sie mit ihrer Methode mehr Erfolg. Auch eine interessante Frage, der es sich nachzugehen lohnen würde.

Tamara streckte einen Arm nach Valerie zur Umarmung aus, in der anderen Hand hielt sie den Löffel mit Vanillemousse, den sie sich gleich darauf in den Mund schob.

"Du weißt nicht, wie froh ich bin, dich zu sehen. Ich hätte

mich viel früher um dich kümmern sollen. Du siehst schrecklich aus."

Zum Glück hatte Tamara sich nicht früher um sie gekümmert. Von Tamara bekümmert zu werden, war wie an einem Fleischhaken aufgehängt im Kreis gedreht zu werden.

"Ich mache es wieder gut", fügte ihre Schwester hinzu. "Schau mich nicht so entsetzt an. Du weißt, ich besitze den Scannerblick." Tamara hatte eine große Karriere in der Personalabteilung eines Technologieunternehmens gemacht und behauptete von sich, dass sie einen Menschen nur einmal sehen müsse, um zu wissen, ob er dem Unternehmen Profit bringen oder Kosten verursachen würde. Ihr Scanner sei unbestechlich, pflegte sie zu sagen. Jetzt war sie damit beschäftigt, Valerie zu scannen.

"Du musst Beifußtee trinken", sagte sie nach einer beängstigend langen Pause. Sie wanderte in die Küche und durchsuchte die Vorratsschränke ihrer Mutter. "Ich hab noch was Besseres." Sie klopfte Valerie auf die Schulter und überreichte ihr ein angebrochenes Päckchen mit getrockneten Datteln. Valerie schaute auf das Ablaufdatum, es lag zwei Jahre zurück. "Seit wann betätigst du dich auch als Ernährungsberaterin?", fragte Valerie.

Tamara ließ den Löffel mit der Vanillecreme langsam und genüsslich über ihre Unterlippe gleiten. "Ich habe einen Kurs besucht", sagte sie dann triumphierend.

Valerie ließ die Datteln unauffällig im Müll verschwinden. Tamara hatte das Interesse am Thema schon wieder verloren. Von Menschen hatte sie keine Ahnung. Jedenfalls nicht von mir, dachte Valerie. Gut, dass ich der Versuchung widerstanden habe, ihr das mit der Pferdepostkarte zu erzählen. Auch wenn ich nichts dringender brauche als jemanden, der mir irgendeine Erklärung gibt, mit der ich leben kann.

Während des Essens fühlte sich Valerie, als ob jeden Augenblick ein Hufkratzer von oben herabfallen und in der Suppenschüssel landen würde. Am ausgezogenen Esstisch saßen ihre Eltern, Tamara und deren zu Gewalttätigkeit neigender Mann Mark, ihr Bruder Leif und seine Frau Selma, sowie deren drei Kinder. Valerie wusste nicht, wovor sie sich mehr fürchten sollte, vor dem Gespräch am Tisch oder dem Hufkratzer.

"Ich hoffe, sie haben das Pferd noch am selben Tag erschossen", sagte Mark in die Stille, die nach der Suppe eingetreten war. Mark war nicht nur latent gewalttätig, sondern auch ein unangenehmer Bescheidwisser, der zu viel Goldschmuck trug. "Wie hieß der Klepper noch?"

"Korbas", sagte Mathilde, Selmas zehnjährige Tochter, die auch Pferde liebte.

"Sie haben ihn doch erschossen", beharrte Mark.

"Nein", sagte Valerie.

"Diese Tötungsmaschine ist noch am Leben? Sag mir, wo er ist, damit ich ihm das Gehirn wegblasen kann. Erschießt man Pferde nicht zwischen den Ohren?"

Die Vorstellung schien Mark Spaß zu bereiten. Valerie hielt es nicht länger auf ihrem Stuhl aus und erhob sich. Unwillkürlich wurde sie von Schuldgefühlen wegen Miriams Tod befallen, andererseits wie konnte sie sich in einer Familie zu Hause fühlen, in der ein Typ wie Mark einen Nistplatz gefunden hatte?

"Wohin willst du denn?", fragte ihre Mutter, die seismografisch auf Stimmungsschwankungen reagierte.

"Auf die Toilette."

Als Valerie zurückkehrte, hörte sie auf dem Flur, wie die Familie sich unterhielt.

"Wenn du mich fragst, ist sie reif für die Klapse. Noch ein Monat allein in diesem Haus und wir können sie abholen lassen. Wir müssen echt was unternehmen und zwar ... "

"Valerie ist zu intelligent, um sich von irgendjemandem etwas sagen zu lassen."

"Ich werde dafür sorgen, dass das Pferd erschossen wird", sagte Mark.

Valeries Magen zog sich zusammen wie ein hart gewordenes Stück Brot. Ich sollte gehen, dachte sie und hatte das Gefühl, dass ihr Verstand endlich zurückgekehrt war. Einen Takt später sagte ihr Verstand ihr, dass sie mit einem plötzlichen Abgang so viel Aufruhr heraufbeschwören würde, dass sie womöglich wirklich *abgeholt* werden würde.

Valerie setzte sich zurück an ihren Platz und legte die Serviette auf ihre Knie. Da sagte Tamara: "Ich will euch sagen, was mir durch den Kopf geht, seit … ich weiß nicht wann, egal, nehmt es mir nicht übel, aber es muss einmal gesagt werden … mich hat es nicht gewundert, dass Miriam starb." Ihre Stimme nahm einen verschwörerischen Klang an.

Ich wusste es, dachte Valerie, irgendjemand würde etwas Hässliches sagen. Vielleicht war es sogar gut, in die Klapse zu kommen, dort herrschten vielleicht humanere Umgangsformen.

"Wie kannst du? …", rief Valeries Mutter empört.

"Lass mich zu Ende reden, Mama, wenigstens das eine Mal." Valerie konnte sich nicht erinnern, dass Tamara je zu wenig Zeit zum Reden gehabt hätte.

"Miriam war nicht … normal. Das haben wir alle gewusst und …"

"Das Kind ist tot!"

"Miriam war ein Gespenst", fuhr Tamara unbeirrt fort. "Immer wenn sie den Raum betrat, hatte ich das Gefühl, ein Gespenst kommt herein. Sogar jetzt fühle ich manchmal, dass sie noch da ist. Mir wird schon eiskalt, wenn ich von ihr spreche … Ich bin nun mal sensibel für solche Dinge und kenne mich damit auch aus. Ja, auch wenn euch das wundert, ich muss das loswerden. Meiner Meinung nach war Miriam ein Geist. Sie hatte die Lebensspanne eines Geistes und die ist nun mal begrenzt. Es hat ihr hier nicht mehr gefallen und sie ist in einen anderen Körper geschlüpft, wie Geister das so machen."

"Interessant", sagte Valerie und hatte das Gefühl, einen inneren Wasserrohrbruch zu erleiden.

"Warte, ich bin noch nicht fertig!" Tamara holte Luft. Ihre Stimme ballte sich zusammen wie ein Raubtier vor dem Sprung. "Und Valerie ist besessen vom Geist ihres toten Kindes. Das kommt vor, häufiger als man landläufig so annimmt. Seht ihr nicht die Ringe unter ihren Augen, ... der abwesende Blick, die verlangsamten Bewegungen. Was Valerie braucht ist nicht ein Psychiater, sondern ein Exorzist."

Valerie war sprachlos. Das war mit Abstand die eindrücklichste Demonstration von sogenannter Menschenkenntnis, die Tamara bislang abgegeben hatte. Es hätte Valerie nichts ausgemacht, von ihrer Schwester beleidigt zu werden, aber dass Tamara Miriam beleidigte, das ging zu weit. Sie wollte in den Raum platzen, ihrer Schwester den Kopf abreißen und sie in tausend kleine Fetzen zerpflücken. Sie war es Miriam schuldig. Aber ihre Kehle war wie ausgetrocknet. Ich bin wirklich krank, dachte Valerie. Sonst würde ich jetzt den 3. Weltkrieg eröffnen. Aber kein Wort kam über ihre Lippen. Ihre Augen brannten wie wahnsinnig und sie zwinkerte sich halb zu Tode. Das Baby ihrer Schwägerin begann zu weinen.

"Das war sehr unpassend", sagte ihre Mutter.

"Ich erwarte, dass du dich nachher bei deiner Schwester entschuldigst", sagte Tom.

"Ich bin eine erwachsene Frau. Ich sage, was ich denke, es ist mir egal, was andere darüber denken", erwiderte Tamara inbrünstig.

"Schön, dass du da warst", sagte Tom zum Abschied. "Ich

weiß, dass du traurig bist." Er umarmte Valerie. "Ich wünschte, ich könnte dich trösten."

"Danke, Tom."

"Wo du es sagst, im Fitnessstudio habe ich einen Mann kennengelernt, der auch Tom heißt."

"Wieso Tom?"

"Hast du nicht etwas erzählt von einem Tom?", fragte ihr Vater.

"Nein", erwiderte Valerie erstaunt. "Ich kenne keinen Tom."

"Er trainiert zur gleichen Zeit wie ich, ein freundlicher, angenehmer Mensch. Sieht ein wenig aus wie ein Indianer. Er redet nicht so viel dummes Zeug. Es stellte sich heraus, dass wir nicht nur den gleichen Namen haben, sondern auch am selben Tag Geburtstag: am 23. Mai. Ist das nicht kurios?"

Valerie fand es beruhigend, dass auch andere Menschen, merkwürdige Zufälle erlebten. Sogar jemand Nüchternes wie ihr Vater, der sein Leben lang in einer Bank gearbeitet hatte.

"Er ist Amerikaner oder hat amerikanische Eltern. Wie gesagt, sein Gesicht erinnert ein wenig an einen Indianer ..."

4

Evi Schäfer – Schamanische Lebensbegleitung ... Valerie
hatte seit drei Tagen nicht geschlafen. Ihre Augen schmerz-
ten so sehr, dass sie alle paar Sekunden die Lider zusam-
menpresste, ihr Herz schlug so heftig, dass sie das Gefühl
hatte, bald war die Zündschnur abgebrannt und die Bombe
in ihrer Brust würde explodieren. Im Haus war es totenstill,
selbst die Vögel schienen stumm geworden zu sein. Auch in
der Nachbarschaft schienen alle gestorben zu sein, Valerie
hatte seit drei Tagen niemanden mehr gesehen. Wahrscheinlich war die ganze Menschheit ausgestorben, dachte
Valerie, nur ich habe es noch nicht gemerkt.

Etwas in ihr sträubte sich dagegen, die Figur mit dem
Schlapphut anzurufen. Wozu sollte eine *schamanische Le-
bensbegleiterin* gut sein, außer ihrem vollkommen verwirr-
ten Verstand den letzten Tritt über die Kante der geistigen
Gesundheit hinaus zu versetzen? Andererseits wen gab es
sonst, lieber Hufkratzer?

Am Nachmittag fiel der Schnee so dicht, dass Valerie
glaubte, es schneie in ihrem Körper und bedecke ihre Adern
und sie würde von innen heraus zu Eis zu werden. Irgend-
wann würde man sie finden, ihren Körper an die aufgedreh-

te Heizung gelehnt, erfroren.

"Ich wusste, dass Sie mich anrufen würden", sagte die Stimme am anderen Ende. "Ich dachte, Sie würden es früher tun. Sie scheinen Nerven zu haben." Valerie mochte den vorwürflichen Ton in Evi Schäfers Stimme überhaupt nicht.

"Wieso?"

"Sie leben gefährlich. Vielleicht sind Sie auch nur leichtsinnig."

"Wovon sprechen Sie?" Valerie bereute den Anruf. Ich hätte mir denken können, dass Evi Schäfer verrückt ist. Das wird mein Untergang.

"Ich weiß, was Sie denken", erwiderte Evi.

"Wie hoch ist Ihr Honorar und wann haben Sie einen Termin frei?", erwiderte Valerie.

"Kommen Sie morgen um 15 Uhr. Ich berechne 50 Euro die Stunde."

Valerie war erleichtert, dass Evi Schäfer einen Preis hatte. Das gab dem Ganzen einen Anstrich von Normalität.

"Okay."

Das Haus war von der Straße aus kaum erkennbar. Ein Kastanienbaum und eine Reihe düsterer Kiefern verdeckten die Fassade und ließen nur einen schmalen Durchgang frei zu einer Treppe, deren Steinstufen durchgetreten waren. Oben sah Valerie, dass sich hinter dem Haus eine Weide ausbreitete. Sie erkannte Schafe und ein großes braunes Pferd, das ihr neugierig den Kopf zudrehte.

Evi stand in der Tür in einem bodenlangen erdfarbenen Rock und hatte die Haare zu einem Pferdeschwanz zurückgebunden. Um ihren Hals baumelten Ketten mit metallenen Tieranhängern, die eine Schlange, eine Eule, ein Reh und Sponge Bob darstellten.

Evi führte Valerie in ein Zimmer mit einem großen aufs Tal gerichteten Fenster, dessen Ausblick jedoch von den

Kiefern halb verstellt war. Vor einem seitlichen Fenster stand ein Kirschbaum, in dem ein Vogelhaus hing. Eine Katze lag zusammengerollt auf dem Fenstersims. In einer Wand aus Sichtmauerwerk war ein Kamin eingelassen, in dem ein Feuer brannte und an den Wänden hingen Teppiche mit indianischen Mustern, Fotos von Sonnenuntergängen und Pferden, eine Trommel, mehrere Rasseln und ein Poster von *Matrix* mit Keanu Reeves. Evi Schäfer forderte Valerie auf, auf einem mit Wolldecken bedeckten Sofa Platz zu nehmen, während sie sich selbst in einem abgeschabten Ledersessel niederließ.

"Wie geht es Ihnen?", fragte Evi. "Möchten Sie eine Tasse Tee?"

"Schlecht – das ist die Antwort auf die erste Frage. Ja, ich hätte gern einen Tee."

"Beifuß", sagte Evi.

Valerie dachte daran, dass Tamara ihr auch Beifußtee andrehen hatte wollen.

"Ja, gerne."

Valerie beschloss, gleich auf den Punkt zu kommen. "Ich bin Journalistin. Ich glaube an Dinge, die ich sehe und die sich wissenschaftlich erklären lassen."

"Aber deshalb kommen Sie nicht zu mir", antwortete Evi. Ihre Haut war schneeweiß und ihr Ausdruck konnte von einem Augenblick zum anderen in etwas vollkommen anderes wechseln.

"Warum Beifußtee?", fragte Valerie.

"Ihr Hauskobold kontaktiert mich schon seit Tagen wegen Ihrer Augen. Es ist seine Idee."

Valerie beschloss, keine weitergehenden Fragen zu stellen.

Evi verschwand in der Küche und kehrte mit einem Tablett zurück, das sie anscheinend schon vorbereitet hatte. Sie goss Tee in einen Becher ein.

"Zucker?"

"Nein, danke." Valerie hob die Tasse an die Lippen und merkte, dass ihre Hände zitterten. "Eine Zeitlang habe ich mit dem Gedanken gespielt, mich an einen Therapeuten zu wenden, der Erfahrungen mit Trauer hat", sagte Valerie und presste die Lippen zusammen. Es kostete sie Überwindung, mit einer Fremden über ihre schmerzlichsten Gefühle zu reden.

"Ich bin Journalistin und Sachbuchlektorin", fuhr sie fort. "Ich habe mehrere Sachbücher von Therapeuten lektoriert und sie auch kennengelernt, und das hat bei mir den Eindruck geweckt, dass von dieser Seite keine Hilfe für mich zu erwarten ist. ... Ich hasse Pferde."

"Weil ein Pferd Ihre Tochter getötet hat?"

"Ich habe gesehen, dass Sie ein Pferd haben", sagte Valerie. "Wie heißt es?"

"Blümchen", sagte Evi.

Das klingt ja richtig normal, dachte Valerie.

Valerie erzählte Evi Schäfer von der Postkarte mit dem schwarz-weiß gescheckten Pferd namens Gitanes. "Ich habe mich noch nie zu Pferden hingezogen gefühlt, wie andere Menschen, ... wie Miriam."

"Haben Sie einmal eine unangenehme Erfahrung mit Pferden gemacht?"

"Nein, ich bin in der Stadt aufgewachsen und habe nie mit Pferden zu tun gehabt."

"Erst durch Miriam ... kamen Pferde in Ihr Leben?"

"Haben Sie Miriam gekannt?", fragte Valerie.

"Ohja." Etwas merkwürdig Unausgesprochenes schwang in diesem Ohja mit, als stecke eine ganze Geschichte dahinter. Valerie fiel auf, dass ihr Herz nicht mehr so laut schlug.

"Was kann ich für Sie tun?", fragte Evi.

"Ich habe keine Ahnung ... Miriam war ein besonderes Kind ... Sie hat eine Welt bewohnt, die den meisten verschlossen war. Durch ihren Tod habe ich das erste Mal das Gefühl, einen Blick in jene seltsame Wirklichkeit werfen zu können, die mich von Miriam immer getrennt hat."

Evi nickte und schwieg. Sie hatte sich auf dem Sofa zusammengerollt wie eine Katze, oder als wolle sie ihrem inneren Energiekreislauf eine runde Form verleihen.

"Was Sie für mich tun können?", sagte Valerie und nahm all ihren Mut zusammen. "Ich möchte diese Welt kennenlernen, weil ich das Gefühl habe, dass es das ist, was Miriam sich wünscht. Es ist zwar verrückt, aber es kommt mir vor, als hätte sie mit dieser Postkarte eine Spur gelegt."

Valerie wusste nicht, ob das, was sie gesagt hatte, Sinn machte, ob diese seltsame Märchenfigur ihr etwas anbieten konnte außer Hokuspokus oder dreister Kaltschnäuzigkeit.

Evi seufzte. Sie spürte wohl Valeries Skepsis. "Sie müssen verstehen ..."

"Ich verstehe, dass es schwierig ist. Es wird wahrscheinlich unmöglich sein, mir irgendetwas nahezubringen, wofür ich die Grenzen meines rationalen Weltbildes verlassen muss ... für mich ist es unerträglich, mich außerhalb einer festgefügten Wirklichkeit zu bewegen. Aber seit Miriams Tod habe ich das Gefühl, ... ich finde nicht mehr in mich zurück, verstehen Sie das? ... Ich fühle mich vollkommen hilflos."

"Ich glaube nicht, dass Sie so unzugänglich sind ..."

"O, doch! Ich bin durch und durch Rationalistin, Atheistin, mit achtzehn aus der Kirche ausgetreten. Ich habe mich nie für Mystik, Okkultismus, Telepathie oder dergleichen interessiert ... Wenn es um irgendetwas geht, woran ich glauben muss, anstatt Beweise geliefert zu bekommen, passe ich ...

Ich bin der Meinung, dass das menschliche Bedürfnis, an eine höhere Macht zu glauben, der Menschheit sehr viel Unglück beschert hat. Unser Verstand ist immerhin unsere größte Gabe."

"Sie sind eine Mutter."

"Ich war eine Mutter." Der Schmerz floss durch Valeries Adern wie flüssiges Feuer. "Sie haben recht: Ich bin es immer noch", korrigierte sie sich. "Ich werde es immer sein." Mit dem nächsten Satz hatte sie das Gefühl, einen Stabhochsprung zu absolvieren. "Vor drei Tagen, als Sie in die Sattelkammer kamen und mich ansprachen, kam es mir vor, als wären Sie nur wegen mir gekommen. Stimmt das?"

"Glauben Sie das?"

"Nein, natürlich nicht, ich halte mich nicht für so wichtig ..."

Evi lächelte vielsagend. "Ich wusste, dass Sie in der Sattelkammer sein würden."

"Natürlich, Sie haben mich hineingehen sehen. Und was sollte ich tun, außer mich um die Hinterlassenschaften meiner Tochter zu kümmern? Ich habe mir das alles nur eingebildet, dieses mystische Gefühl, das ich bei unserer ersten Begegnung hatte. Ich komme um vor Trauer, mein Verstand spielt verrückt, deshalb klammere ich mich an abwegige Dinge."

"Miriam war dort bei Ihnen, nicht war?", sagte Evi.

Valerie fühlte sich seltsam durchschaut.

"Die Gegenstände", hörte sie sich antworten. "Die Gegenstände haben eine starke Erinnerung in mir ausgelöst, der orangefarbene Hufkratzer ..." Valerie erschrak. Vor dem Fenster war ein dunkelbraunes Pferd mit einer langen weißen Blesse aufgetaucht. Es stand hinter einem Zaun und blickte in das Zimmer hinein. Sein Ausdruck war voller Mitgefühl. – Valerie hatte noch nie so einen Blick im Auge eines

Pferdes gesehen. Sie hatte nicht erwartet, dass das Pferd so nah an das Haus herankommen würde. Die untergehende Sonne tauchte die Mähne des Pferdes in ein orangefarbenes Licht. Valerie schluckte. Ohne dass sie es wollte, sprudelten die Worte aus ihr heraus, die sie seit Monaten keinem Menschen gegenüber hatte aussprechen können.

"Ich habe seit Miriams Tod keine einzige Träne geweint", sagte Valerie. "Meine Augen sind vollkommen ausgetrocknet. Das ist der Grund, warum ich hier bin. Ich habe keine natürliche Trauerreaktion, wie eine Mutter sie haben sollte. Ich glaube nicht, dass irgendein Mensch verstehen kann, was in mir vorgeht, ich würde das auch von niemandem verlangen ... Ich liebe meine Tochter mehr als alles ... ich wünschte nur, ich könnte weinen, aber ich kann es nicht. Mein ganzer Körper schmerzt, aber ich fühle die Trauer nicht."

Evi seufzte, als würde sie sich dazu durchringen, etwas zu sagen, das sie vielleicht nicht vorgehabt hatte. "An diesem Tag im Stall", sagte Evi, "hat Miriam Ihnen eine Botschaft geschickt, die Ihre Frage und auch alle anderen Fragen beantwortet. Nicht nur hat sie Ihnen einen Weg gezeigt, sondern ..."

"Wie meinen Sie das?"

"Sie hat Ihnen ein Medizinpferd geschickt."

"Ein Medizinpferd?"

"Das Pferd namens Gitanes, der schwarz-weiß gescheckte Berber mit dem Indianerkopf."

Valerie erinnerte sich, dass Evi den Namen Gitanes kannte, aber woher wusste sie all die anderen Details? Plötzlich empfand Valerie die Kälte einer unbeschreiblichen Angst.

"Woher wissen Sie davon?", fragte Valerie.

Valerie nahm eine Bewegung in ihrem Augenwinkel wahr und als sie aufblickte, erkannte sie ein zweites Pferd, das sich neben dem braunen Pferd unter einem herunterhängenden Zweig nach vorn schob. Es war schwarz-weiß gescheckt und sein Kopf hatte den Ausdruck eines Indianers. Valerie hatte das Gefühl, die Wirklichkeit um sie herum würde sich auflösen und sie würde jeden Augenblick anfangen zu schweben.

"Woher kkkommt das Pferd?", fragte sie.

"Es ist ein Berber-Paint-Mix, der vor einem halben Jahr zu mir gekommen ist."

"Ein Berber?" Valeries Mund war so trocken, dass sie krächzte. "Er gehört Ihnen?"

"Er gehört einem Mann namens Tom."

"Tom?"

"Ein Halbindianer."

"Tom, ein Halbindianer? ... Das Pferd kam vor einem halben Jahr zu Ihnen, sagten Sie?"

"Ja. Tom brachte es zu mir. Er sagte, es sei ein Medizinpferd und ich würde es brauchen."

"Wofür?"

"Für Sie, Valerie ..."

5

In der Nacht nach dem Besuch bei Evi Schäfer träumte Valerie von einem großen weißen Schiff, auf dem sich eine asthmakranke Frau befand.

Zwei Tage lang dachte sie nach über ihr Erlebnis bei Evi Schäfer. Sie hatte keinen neuen Termin ausgemacht, alles war zu ungeheuerlich, kam ihr vor wie eine Verschwörung, die irgendjemand gegen sie ins Leben gerufen hatte: Evi, dieses gescheckte Pferd und ein Mann namens Tom waren daran beteiligt. Am dritten Tag wusste Valerie, warum sie Evi wiedersehen musste.

"Ich will nicht unhöflich sein, aber ich hasse diesen Beifußtee."

"Er ist wundervoll bei Erkrankungen der Atemwege und der Lunge."

"Meine Lunge fühlt sich ganz normal an." Valerie dachte an den Traum von der asthmakranken Frau.

Evi lächelte undurchdringlich.

"Ich bin hier wegen dem Pferd, wegen Gitanes, nicht wegen einer Atemwegserkrankung ... Und ich würde gern mehr über diesen Mann namens Tom erfahren."

"Warum trinken Sie nicht zuerst einen Tee?"

Valerie würde die Tasse um den Preis ihres Lebens nicht anrühren. "Ich bin sehr ungeduldig."

"Ohne Geduld werden Sie weder über Gitanes noch über

Tom etwas erfahren."

Noch so ein Satz und sie würde Evi an die Gurgel springen. "Ich glaube nicht, dass Sie sich vorstellen können, wie ich ..."

"Wie Sie sich fühlen? Wie fühlen Sie sich denn?"

Valerie holte tief Luft.

"Wie fühlen Sie sich?", sagte Evi.

"Ehrlich gesagt bin ich nicht gekommen, um ... mit Ihnen über meine Gefühle zu sprechen. Ich möchte gern eine Abmachung mit Ihnen treffen, bezüglich des Pferdes. Sagen Sie mir, wie viel Sie verlangen, pro Stunde, pro Tag, oder pro Woche. Dafür, dass ich mich, in Ihrer Begleitung, mit Gitanes auf der Weide aufhalten kann. Und dafür, dass Sie mir Fragen beantworten, was das Pferd betrifft – ich habe nämlich keine Ahnung von Pferden. Ist das vorstellbar für Sie?"

Evi legte den Kopf zur Seite, nicht um nachzudenken, sondern wohl eher um zu erschnüffeln, was Valerie vorhatte.

"Sie haben letzte Nacht von jemandem geträumt, der an Asthma leidet", sagte sie. "Deswegen rate ich Ihnen, trinken Sie den Tee."

"Wie können Sie das wissen?"

"Kennen Sie jemanden mit Asthma?", fragte Evi.

"Asthma? ... Nein, ich kenne niemanden ..."

"Sie und diese Frau befinden sich auf einem großen, weißen Schiff. Sie sind die einzigen Passagiere."

"Es war blau", sagte Valerie, um herauszufinden, ob sie Evi verunsichern konnte, aber Evi reagierte nicht.

"Das Schiff ist sehr groß", fuhr sie stattdessen fort mit einer Stimme, als würde sie ein Bild auf einer Kinoleinwand beschreiben. "Stellen Sie sich auf eine größere Reise ein. Und ihre einzige Begleitung ist eine asthmakranke Frau."

Plötzlich musste Valerie an Frau Barzi denken, die Frau, der sie beim Bäcker begegnet war und die Asthma hatte.

Evi zog ihre Stola eng um ihre Schultern zusammen. Als Valerie auf Evis Füße blickte, sah sie, dass Evi Sandalen trug, wie ein Kind, und bunte Socken.

Wahnsinn, dachte Valerie, die einzige Person, die mir helfen kann, trägt Ringelsocken. Etwas Anrührendes ging von Evi Schäfer aus und zugleich war sie verrückt wie ein Luftballon.

"Ich würde gern Gitanes sehen", sagte Valerie.

Das Gelände war aufgeweicht vom Schnee, der letzte Nacht getaut war. Evi tauschte ihre Sandalen gegen Gummistiefel und bot Valerie ebenfalls ein Paar solide Stiefel an. Gemeinsam stapften sie durch den Matsch. Gitanes verdrückte sich, als er sie auftauchen sah, in die hinterste Ecke.

"Würden Sie das Pferd bitte für mich holen?"

"Das ist unmöglich", erwiderte Evi.

"Aber es läuft davon."

"Es ist schneller als ich", sagte Evi.

"Läuft er vor mir davon? Ich habe ihm doch gar nichts getan."

"Haben Sie schon genug?"

"Nein", erwiderte Valerie empört. Sie war frustriert. Warum musste alles so schwer sein? Sie stand da, konnte weder vorwärts noch zurück gehen und starrte auf ein Pferd, das das Weite suchte.

"Warum ist dieses Pferd so mysteriös in mein Leben getreten? Warum habe ich die Postkarte gefunden? – Und jetzt, wo ich ihm entgegenkomme, läuft es weg. Das macht überhaupt keinen Sinn." Gitanes musste ihr Seufzen gehört haben, denn er drehte den Kopf und sah neugierig zu ihr hinüber. Valerie wurde ganz weit ums Herz. Du gutes Pferd, dachte sie, und wagte es, ein paar Schritte auf ihn zuzugehen – bis er wieder davonlief.

"Ich war zu schnell", sagte sie. "Ich war schon immer zu schnell."

"Nein, Sie waren zu langsam."

"Zu langsam?"

"Sie haben zu langsam angehalten."

"Aber woher hätte ich das wissen sollen? Es ging so schnell."

"Bei Pferden müssen Sie genau hinschauen."

Wieder verlor Valerie die Geduld. Sie wollte nach Hause – nicht nach Hause – sie wollte bei dem Pferd sein, in seiner Nähe, sie wollte es riechen und ... anfassen. Nicht das Pferd, sondern eigentlich Miriam, die in ihrer Vorstellung mit dem Pferd eins war.

"Ich fühle mich elend. Bitte helfen Sie mir. Sagen Sie mir, was ich tun soll." Valerie fiel ein, dass sie Evi Schäfer noch keinen Cent für ihre Dienste gegeben hatte. Bei der letzten Begegnung war sie so neben sich gewesen, dass Sie es vergessen hatte. Sie zog einen Hundert-Euro-Schein aus ihrer Jeanstasche.

"Bitte, nehmen Sie. Es tut mir leid, Sie opfern Ihre Zeit und ich bin undankbar."

Evi nahm den Schein entgegen und ließ ihn in ihrer Westentasche verschwinden. Gitanes schaute wieder aufmerksam zu ihnen herüber. Was wohl in seinem Kopf vorging? Valerie traute sich, noch ein paar Schritte zu machen und als sie sah, dass er die Ohren anlegte, blieb sie stehen.

"Ohren anlegen bedeutet Ärger, nicht wahr?", sagte Valerie. Diesmal lief er nicht weg, sondern blieb neugierig stehen. "Wow", sagte Valerie und seufzte. "Ich bin glücklich, weil ein Pferd stehenbleibt."

In all dem Schrecklichen und Verwirrenden, das in den letzten Wochen passiert war, schien dies der erste Moment zu sein, in dem sie so etwas wie Glück empfand. Aber er hielt nicht lange an. Gleich darauf fingen ihre Gedanken wieder an, sich auf den Weg zu einer weit ausholenden Endlosschleife, zu Erklärungen und Interpretationen zu machen.

"Frau Rosenstein?", hörte sie Evi sagen und erwachte aus ihrer Trance. Das Pferd hatte begonnen, an den spärlichen Grashalmen herumzuknabbern.

"Ja", erwiderte Valerie. "Ich weiß nicht, ob ich das durchstehe. Ich habe mir das alles ganz anders vorgestellt. Ich glaube, ich bin völlig talentlos, was Pferde angeht."

Gitanes interessierte sich kein bisschen mehr für Valerie oder Evi und als er in der Ferne ein Pferd mit Reiter vorbeiziehen sah, galoppierte er an den Zaun und wieherte mächtig.

"Ich bin eine intelligente Frau. Ich habe Philosophie studiert, meine Schwester nennt mich *das Superhirn*. Ein Superhirn, fürchte ich, ist unfähig mit etwas Animalischem wie einem Pferd in Kontakt zu treten. Ich denke einfach zu viel, ich denke praktisch immer, selbst wenn ich träume. Verstehen Sie das, Frau Schäfer?"

Evi hatte wieder diesen feindseligen Ausdruck wie ein Tier, das kurz davor war zuzubeißen. "Intelligente Menschen haben viele Ausreden", sagte sie. "Am besten, Sie gehen nach Hause."

"Nein!" Das braune Pferd, Blümchen, das letztes Mal am Fenster erschienen war, war inzwischen aufgetaucht und zuckte zusammen, weil Valerie unvermittelt so laut geworden war. Valerie hatte das Gefühl, dass Gitanes das Braune hergeschickt hatte, weil es ihm zu viel war, sich um ein elendes Geschöpf wie Valerie Rosenstein zu kümmern. Blümchen sah sie an, als würde sie unter dem Gewicht von Valeries Elend fast zusammenzubrechen. Plötzlich wusste Valerie, was sie zu tun hatte.

Der Matsch quietschte unter ihren Stiefeln.

"Es ist absurd, in dieses Pferd irgendetwas hineinzugeheimnissen, auch wenn die Kette von scheinbaren Zufällen rund um seinen Namen beeindruckend ist. Ich ertrage nicht noch mehr Demütigung." Damit machte sich Valerie auf den Weg zurück ins Haus, wo sie ihre Handtasche schnappen und sich verdünnisieren würde. Evi lief im Stechschritt neben ihr her.

"Wer demütigt Sie denn?"

"Niemand. Ich gebe niemandem die Schuld. Ich übernehme die volle Verantwortung für alles. Ich bin es, die sich auf unschuldige Kreaturen stürzt und sie in die Flucht schlägt oder ihre Seele quält. Ich werde Sie und Ihre Pferde ab sofort in Ruhe lassen. Das ist das Beste für uns alle. Ach ja, ich danke Ihnen wirklich dafür, dass Sie mir geholfen haben, mir dies bewusst zu machen – und das meine ich ganz ernst. Ich bin Ihnen sehr dankbar, Frau Schäfer – und Gitanes. Und das meine ich ganz ehrlich."

Valeries Bezeugungen besänftigten Evi Schäfer nicht. Im Gegenteil.

Evi Schäfer sah Valerie an und sagte: "Bullshit."

"So? Sie Herrscherin des Universums. Bullshit, ja? Warum holen Sie nicht Ihren Besen und reiten auf den Blocksberg? Sie waren es wahrscheinlich, die mir mit Ihren übersinnlichen Kräften den Traum mit dem Asthma geschickt hat. Sie haben die Postkarte in Miriams Schrank gelegt und sind dann *zufällig* hereingekommen, als ich beim Aufräumen war. Sie glauben, dass ich so einfach auf Sie hereinfalle. Aber das tue ich nicht."

Valerie warf einen letzten Blick auf die Pferde und stellte fest, dass Gitanes wieder näher gekommen war. Plötzlich musste sie lachen, weil die Neugier dieser Tiere so komisch wirkte. Gitanes scharrte mit dem Huf. Dann lief er zu Blümchen und legte seinen Kopf auf ihren Hals. Weil Blümchen größer war, musste Gitanes den Kopf in die Höhe strecken – und seine Augen verdrehten sich, als wäre es die reinste Wonne für ihn. Es rieb sein Kinn an der Mähne der Braunen und schielte zu Valerie hinüber, als wolle er sicherstellen, dass sie auch zuschaute.

Valerie steckte die Hände in die Taschen, vergaß alles und beobachtete die Pferde. Blümchen wurde das Gerubbel zu viel und sie schnappte nach Gitanes. Gitanes verpasste ihr einen sanften Tritt mit den Hinterhufen und kam auf Valerie zugelaufen. Valeries Herz schlug ihr bis zum Hals. – Meint er mich? Gitanes blieb wenige Schritte von ihr entfernt stehen.

Obwohl er ihr sehr nahe kam, und obwohl sie gewöhnlich Todesangst vor Pferden hatte, blieb sie ganz ruhig. Er schwenkte den Kopf hin und her und schüttelte sich, als wolle er etwas Lästiges loswerden. Gitanes war nicht sehr groß, aber wie er nun vor ihr stand, war seine Gegenwart doch sehr eindrücklich. Er strahlte einen überlegenen Stolz aus, sie fühlte sich merkwürdig unbedeutend, er dagegen schien die Erhabenheit per Geburtsrecht zu besitzen. Valerie wunderte sich über ihre eigenen Gedanken. Gleichzeitig fühlte sie sich leicht beschwingt und ließ sich von dem scheinbar unerschütterlichen Wohlsein des Pferdes anstecken.

Gitanes schob seinen Kopf nach vorn und berührte ihre Brust mit seinem Maul. Er blies seinen warmen Atem in sie hinein, als wolle er ein erloschenes Feuer wieder zum Brennen bringen. Valerie weinte.

6

In den nächsten Tagen blieb Valerie von unerklärlichen Zufällen, Zeichen und Träumen verschont und sie atmete auf. Das neue Jahr schritt voran, es schneite und taute und schneite und taute. Valerie machte es sich zur Gewohnheit, Gitanes auf seiner Weide zu besuchen und Zeit mit ihm zu verbringen, einfach bei ihm zu sein. Nach ein paar Besuchen traute sie sich das auch ohne Evis Begleitung. Sie wandte sich wieder ihrer Arbeit zu. Sie schrieb Artikel für Fachzeitschriften, beriet Autoren bei Sachbuchprojekten und machte Lektorate. Sie widmete sich ihrem Stamm von Kunden und beglückwünschte sich für ihre berufliche Unabhängigkeit.

"Rosenstein", brummte Valerie in den Hörer.

"Warmschneider."

Nichts Gutes, dachte Valerie, Frau Warmschneider bezahlt ihre Rechnungen nicht.

"Mein Mann ist gestern ausgezogen", begann die Klientin das Gespräch.

"Unser Gesprächstermin ist erst übermorgen", versuchte Valerie sie zu bremsen.

"Es kostet mich alle Mühe", fuhr Frau Warmschneider fort, "überhaupt dieses Telefonat zu führen. Ich muss das Manuskript am Mittwoch abgeben und mir fehlen noch die letzten beiden Kapitel."

"Sie fehlen seit Wochen", bemerkte Valerie in einem Ton, den sie sonst nicht gegenüber Klienten anschlug.

"Ich wollte Sie bitten, ... können Sie nicht die beiden Kapitel für mich schreiben. Sie kennen den Inhalt und Sie können doch ... ich weiß, dass Sie meinen Stil nachahmen können ... Sie sind meine letzte Rettung."

"Sie haben ausstehende Rechnungen in Höhe von 1500,00 Euro bei mir, Frau Warmscheider."

"Ich bezahle alles, wenn ich den Vorschuss auf das Buch bekomme. Ich muss nur das Manuskript abliefern."

Ein Rabe saß auf dem Fensterbrett und sah Valerie mit seinen schwarzen Stecknadelkopfaugen an. Genau so wie sie den Ausdruck und das Verhalten von Gitanes in den letzten Tagen genau beobachtet hatte, versuchte sie jetzt den Ausdruck des Raben zu deuten. Tiere hatten so ihre Art. Verdammt, der Rabe sah aus, wie alle Tiere, wenn sie etwas loswerden wollen.

"Zwei Kapitel in zwei Tagen schreiben und lektorieren, das ist auch für mich zu viel."

"Sie könnten, wenn Sie wollten." Frau Warmschneiders Ton klang provozierend.

Wer wollte hier was von wem? Valerie merkte, dass sie begonnen hatte, lautlos mit dem Raben zu kommunizieren. Ich bemühe mich, freundlich zu sein zu meinen Kunden, und Frau Warmschneider nutzt das brutal aus, dachte Valerie.

Frau Warmschneider begann zu weinen. Sie erzählte von ihrer Trennung, von ihrer Geldnot und ... Valerie war gerührt, aber nicht sehr lang. Der Rabe begann auf dem Fenstersims herumzupicken. Valerie fiel ein, dass sie vor ein paar Tagen eine Tischdecke mit Brotkrümeln dort ausgeschüttelt hatte, aber die mussten doch längst aufgefressen sein.

Der Rabe sah sie an, als warte er, dass sie sich endlich

auf seine Frequenz einklinkte. Frau Warmschneider lügt, dachte

Valerie mit dem Gefühl, dass der Gedanke ihr über den Raben zugeflogen war. Der Rabe hörte auf zu picken und sah sie erwartungsvoll an.

"Ihr Mann hat sich nicht von Ihnen getrennt, Frau Warmschneider und ich habe das Gefühl, Sie heulen mir etwas vor, weil Sie wissen, dass ich ein weiches Herz habe", hörte sich Valerie zu der Klientin sagen. Stille in der Leitung.

"Woher wissen Sie das ...?"

Valerie wunderte sich selbst. "Stimmt es?"

"Ich bin froh, dass Sie mich durchschaut haben", erwiderte die Dame.

Frau Warmscheider beichtete, dass sie eine notorische Lügnerin war. Sie war verheiratet mit einem wohlhabenden Mann, hatte sich mit Ernährungsratgebern einen Namen gemacht, aber langweilte sich zu Tode. Es bereitete ihr einen besonderen Kitzel, anderen Menschen Geschichten zu erzählen und auszutesten, wie glaubwürdig sie war.

"Vielleicht sollten Sie Romane schreiben statt Ernährungsratgeber", sagte Valerie.

"Auf die Idee bin ich noch gar nicht gekommen. Dieser Rat ist Gold wert, Frau Rosenstein. Glauben Sie denn, ich könnte das?"

"Absolut. Da bin ich ganz sicher."

Der Rabe flog davon. Valerie grinste als würde ein Korb voller Schmetterlinge in ihrem Bauch tanzen.

Drei Tage später trafen auf ihrem Konto 2500 Euro ein mit dem Vermerk: Fürs Hellsehen.

Valerie lächelte dem Raben zu, der auf dem Kirschbaum saß und sagte: "Du bist wirklich gut."

"Da ist jemand, der dich treffen möchte", rief Evi quer

über die Weide zu Valerie, die gerade die Pferde fütterte. "Bist du bereit?"

"Wofür?", erwiderte Valerie und ließ sich eine Sekunde lang ablenken. Gitanes riss ihr den Eimer mit Kraftfutter aus der Hand und das Müsli verteilte sich im Matsch. Verärgert lief Valerie zum Haus hinüber, um neues zu holen.

"Sie haben sein Müsli verschüttet", schimpfte Evi.

"Wer will mich sprechen?"

"Ich werde ihn wegschicken. Es ist nicht der richtige Zeitpunkt."

Valerie seufzte tief. "Wer?"

"Diese Begegnung wird Ihr Leben verändern."

Ging es auch eine Nummer kleiner? Evi hatte einen nervigen Hang zur Übertreibung. Der Wind fuhr durch die blattlosen Bäume und Büsche und ein letzter Haufen Schnee rutschte von der Dachkante. Dann trat die Sonne hervor und Valerie kniff die Augen zusammen. Sie hörte ihr Herz galoppieren. Vielleicht hatte Evi das mit dem Leben verändern doch nicht so dahingesagt. Sie drehte sich um zu Gitanes. Er sah sie mit großen, dunklen Augen an. Ein Satz tauchte in Valeries Kopf auf, der von Gitanes zu kommen schien: Du musst keine Angst haben, wir sind zusammen in diesem Spiel. Kurz darauf drehte sie sich um und blickte in die Augen eines Halbindianers.

Er stand auf der Terrasse. Sein schwarzes Haar fiel auf seine Schultern, seine Nase war breit, seine Lippen dunkelbraun und seine Augen erinnerten Valerie an die eines Werwolfs, der auf dem Filmplakat abgebildet war, das an einem Scheunentor am Ortseingang von Schlattstall hing.

"Mein Name ist Tom. Ich freue mich, Sie kennenzulernen." Er sprach deutsch mit dem Akzent eines Amerikaners. Die unsichtbare Energie, die er verströmte, haute Valerie schier um.

"Warum sind Sie gekommen?", fragte sie mit brüchiger

Stimme.

Er antwortete nicht, schien stattdessen ihre Energie aufzusaugen, wie Tiere es taten. Und dann wusste sie die Antwort. Wegen mir.

Gitanes kam auf Tom zugelaufen wie auf einen guten Freund, den er lange nicht mehr gesehen hatte. Er legte seinen Kopf auf Toms Schulter als wäre dies sein Fernsehsessel. Valerie wandte den Blick ab, weil die Berührung ihr so intim vorkam. Sie hörte, wie Tom in einer fremden Sprache mit dem Pferd redete.

Sie empfand Neid und Enttäuschung, weil sie geglaubt hatte, Gitanes gehöre ihr und es gäbe nichts Wichtigeres als ihre verschworene Gemeinschaft, die sich in den letzten Wochen entwickelt hatte, was natürlich vollkommen abwegig war.

"Ich bin Valerie und ich freue mich ebenfalls."

Valerie hätte gern ihr Aufzeichnungsgerät und ihr Mikrofon ausgepackt und Tom eine Unmenge Fragen gestellt ... Wer war er? Warum war er in Deutschland? Machte er bei den Indianerritualen mit, wo sie sich Fleischhaken in die Haut schoben? Warum hatte er, laut Evi, Gitanes hierhergebracht, drei Monate vor Miriams Tod – als *Medizinpferd*?

Als sie Tom anschaute, wusste sie, dass alle diese Fragen lächerlich waren und Tom ein Geheimnis kannte, das alle diese Fragen überflüssig machte. Und sie, Valerie Rosenstein, hätte alles gegeben, um dieses Geheimnis zu kennen.

7

Miou jammerte kläglich, weil Valerie wie festgeklebt auf dem Sofa saß, statt ihr endlich ihre Lachspastete zu servieren. Valerie hatte eben einen Anruf von ihrer ziemlich verstört klingenden Schwester Tamara erhalten, die beinahe geweint hatte. Miou umstrich Valeries Knöchel wie eine Schlangenbeschwörerin.

"Ich kann nicht glauben, dass Tamara mich überredet hat, mich mit ihr zu treffen", sagte Valerie zu Miou. "Sie will mich nur fertigmachen, irgendwie probieren das alle. Evi, Frau Warmschneider und wahrscheinlich auch alle anderen haben das schon immer gemacht, nur dass ich das noch nie gemerkt habe. Du natürlich ausgenommen. "IIIIIaaaaauuuu", fauchte Miou und Valerie machte sich auf den Weg zum Katzenfutterschrank.

Und Tom, dem war es auch fremd, andere auszunutzen und zu übervorteilen. Mehrmals hatte sie Tom bei Evi angetroffen und sie hatten sich ein wenig angefreundet, auch wenn *Freundschaft* in diesem Fall nicht das passende Wort war. Tom lebte in einem anderen Zeitgefüge und eindeutig bewohnte er nicht das wohlsortierte vernünftige Universum, das Valerie ihre Heimat nannte. Sie wusste immer noch so gut wie nichts über ihn, weil er viel schwieg. Aber Valerie liebte Toms Schweigen. Er war der erste Mann, in dessen Gegenwart sie keine totale Verzweiflung befiel bezüglich der Unmöglichkeit von Mann und Frau es zusammen auf einem Planeten auszuhalten.

Valerie hätte gern jemanden gehabt, mit dem sie über Tom und ihre verwirrenden Gefühle und Gedanken hätte reden können, aber Tamara würde nur eine zweitklassige Schmierenschulze daraus machen und das war genau nicht das, was zwischen ihr und Tom ablief. Nicht im Entferntesten irgendeine Form von gequirlter Lovestory.

Tamara ließ sich von ihrem unerzogenen Boxer an der Leine vorwärtszerren. Der Februarwind blies eisig, mit der ganzen Frustration eines Winters, der allen beweisen wollte, dass er es noch drauf hatte.

"Du wolltest mit mir über etwas reden", eröffnete Valerie das Gespräch.

Tamara riss den Boxer am Halsband zurück, was dazu führte, dass er wie ein an Land gezogener Fisch herumzappelte.

"Da laufen ein paar merkwürdige Sachen mit Mark. ... Ich schäme mich fast, es dir zu erzählen ...", sagte Tamara.

Wundert mich nicht, dachte Valerie. Ich kann es mir schon denken. Von diesem Fiesling kann nichts Gutes kommen.

"Es ist nicht fair, dir die Ohren vollzuheulen", fuhr Tamara fort, "wo du gerade erst deine Tochter verloren hast. Du hast viel größere Probleme."

"Warum hast du mich dann um ein Gespräch gebeten?", fragte Valerie nüchtern.

"Weil du ... die Dinge nicht so emotional nimmst ... Superhirn." Tamara lächelte verschwörerisch.

Vielen Dank für das Kompliment, dachte Valerie und nickte.

"Du denkst, bevor du fühlst", fuhr Tamara fort.

Tamara hatte die Rollen unter ihnen schon immer aufgeteilt in: Die Gefühlvolle und das Superhirn.

"Hat Mark eine Geliebte?", fragte Valerie betont neutral.

"Irgendwas ist mit ihm emotional nicht in Ordnung. Als hätte er einen Knacks erlitten", sagte Tamara.

Er hatte schon immer einen Knacks, dachte Valerie, es ist Tamara nur noch nie aufgefallen. Valerie bemerkte, dass Tamaras Gang merkwürdig schief war.

"Du hast Schmerzen in den Beinen", sagte Valerie.

"Ja, Valerie, ich bin gestürzt."

"Gestürzt?" Ich dachte, Mark hätte dich verprügelt, wollte Valerie sagen, aber dann bremste sie sich selbst. Die Zeit war nicht reif. Jede Information zu ihrer Zeit, hörte Valerie Gitanes sagen."Das tut mir Leid. Wann ist das passiert?"

"Vor drei Tagen."

"Du wolltest mir etwas von Mark erzählen."

"Seine Firma steckt in der Krise. Sie haben ihn auf Kurzarbeit gesetzt. Das kratzt an seinem Ego. Bei mir läuft es super, sie haben meine Abteilung vergrößert und ich verdiene mehr." Tamara holte aus, um Valerie zu erklären, wie toll ihre Fähigkeiten waren, die Mitarbeiter zu scannen. Nur bei Mark schienen ihre Scan-Fähigkeiten zu versagen. "Das Beste wäre, ich würde meinen Job kündigen und eine Weile nicht arbeiten. Wir haben genug gespart. Nur so lange bis es bei Mark wieder läuft."

Verrückt. Tamara ließ sich von Mark vertrimmen und wollte ihren Job opfern, nur um sein angeknacktes Ego zu schonen. "Glaubst du denn, dass es dadurch besser wird?", fragte Valerie betont unschuldig.

"Mark braucht das. Er ist ein Alphatier." Der Boxer rannte mit voller Kraft voraus und zog Tamara hinkend hinter sich her. Valerie wurde von einem Schwall Mitleid erfasst, oder war es Ohnmacht, sie wusste es selbst nicht genau. Der Weg führte an einem Kanal entlang und Valerie blieb unwillkürlich stehen. Über eine Steinmauer blickte sie auf das trübe Wasser, das sich im Wind kräuselte. Bäume und Büsche am Ufer waren noch wintergrau, aber etwas lag in der Luft, ein hauchfeiner Geruch von Frühling, der noch zu dünn war, als dass man ihn mit einer menschlichen Nase hätte riechen können. Aber mit der Nase eines Pferdes konnte man ihn riechen, dachte Valerie, und hob die Nase, um mehr davon zu erschnuppern.

Es wird noch schlimmer werden, dachte Valerie, mit Tamara und Mark, und sie wurde sehr traurig.

Ein Frachtkahn, lang und dünn wie ein Aal, zog auf dem Wasser vorbei, niemand war an Deck zu sehen, der Kahn wirkte wie ein Geisterschiff. Wie das Schiff aus meinem Traum, dachte Valerie, es hatte auch keinen Kapitän.

Sie merkte, dass Tamara und der Hund ihr inzwischen weit voraus waren und machte sich auf den Weg, um ihnen hinterherzulaufen. Valerie war ziemlich außer Puste als sie Tamara erreichte, aber der Boxer war noch lange nicht am Ende. Ein schwarz-weißer Bordercollie tauchte auf und Tamaras Hund, der den beeindruckenden Namen Alexander trug, zog noch verrückter an der Leine.

"Sag mir, was ich tun soll", rief Tamara verzweifelt.

Valerie wollte sich eine Antwort verkneifen, aber diesmal war der richtige Augenblick für die richtige Information gekommen: "Tritt Mark in den Hintern und dann hau ab, so schnell du kannst", sagte Valerie.

Tamaras Mimik erfror, dann hellte sie sich wieder auf. "Du hast ja doch Gefühle!"

8

"Kaum zu glauben, dass ich auf einem Pferd sitze. Es fühlt sich an wie ... als säße ich in einem Ufo, ich schwebe. Entschuldigung, nein, es ist nur so unvorstellbar. Ich habe immer maßlose Angst vor Pferden gehabt und ... du weißt ja, was mit meiner Tochter passiert ist, und ..." Tom lief neben Valerie her und sagte kein Wort. Gitanes schien sich ebenfalls nichts dabei zu denken, dass Valerie auf seinem Rücken saß.

"Es tut mir so leid, dass ich so viel rede, aber es ist ein so ungewöhnliches Erlebnis für mich." Valerie schob einen Zweig beiseite, der kurz davor war, ihr ins Gesicht zu peitschen. Sie fragte sich, was ungewöhnlicher war: Dass sie mit Raben und Pferden Botschaften austauschte, – oder dass sie ein Pferd ritt.

Nur ein Sattelpad trennte sie von Gitanes Rücken, sie spürte die schweißige Wärme seines Leibs, die rollende Kraft seiner Muskeln. Es war eins, sich auf dem Boden in der Nähe eines Pferdes aufzuhalten und mit ihm Kopf an Kopf zu techtelmechteln und ein anderes, aus der Mitte seines Körpers herauszuwachsen und statt mit zwei Beinen sich mit seinen vier Beinen vorwärtszubewegen. Es gab keine Worte für dieses ungewöhnliche Gefühl.

Tom lief neben Valerie her, mit gleichmäßigem Schritt.

Der Frühling zeigte hier und da das erste jungfräuliche

Grün, die bevorstehende Grün-Explosion war jetzt überall deutlich zu spüren und auch die ersten zauberhaften von Wärme getränkten Sonnenstrahlen. Vor ihnen kreuzte ein Weg, der tiefer in den Wald hineinführte.

"Es gibt etwas, worüber ich mit dir reden möchte", sagte Tom und seine Stimme klang ernster und dunkler als sonst. "Bist du bereit?"

"Ja." Selbstverständlich, fügte sie im Stillen hinzu. Ich brenne vor Neugier. Gleichzeitig erwachte ein leichtes Zittern in der Tiefes ihres Körperinneren, das sich unaufhaltsam verstärkte und sich zu einem vibrierenden Beben entwickelte. Was Tom wohl auf den Tisch bringen würde, wenn er einmal redete, anstatt geheimnisvoll zu schweigen? Sie spürte, wie Gitanes ebenfalls ein wenig nervös wurde, kein Wunder, wenn man ein kleines Erdbeben auf seinem Rücken herumtrug. An der Kreuzung angekommen hielt Tom das Pferd an.

"In welche Richtung willst du gehen? Es ist deine Entscheidung." Es lag etwas Dringliches in seinen Worten, aber vielleicht kam ihr das auch nur so vor. Die Situation war sinnbildlich. Sie standen auf einer Kreuzung, Tom zog es offensichtlich nach links in den Wald – aber wenn sie dorthin blickte, verstärke sich das bedrohliche Gefühl, als würde ein Reptil dort lauern, das darauf wartete, sie zu verschlingen. Rechts erstreckte sich ein langweiliger Asphaltweg, der an einem Acker entlang führte.

"Ich habe ein wenig Angst", sagte sie.

"Wovor?"

"Vor dem Wald, vor dem, was mich erwartet."

Tom nickte. "Was möchtest du tun?

"Mein Verstand möchte wissen, was genau dort in dem Wald passieren wird und wie es ausgeht. Dann wäre er bereit zuzustimmen." Valerie lachte. "Ich weiß natürlich, dass es keine Risikoversicherung gibt, wenn es um Geheimnisse geht, aber ... ich habe trotzdem Muffe."

"Muffe", sagte Tom und lachte ebenfalls, weil ihm anscheinend dieses deutsche Wort gefiel.

Gitanes begann, von einem Fuß auf den anderen zu treten. Das Herumstehen und ihre Unentschiedenheit dauerten ihm wohl zu lange.

"Können wir nicht Gitanes entscheiden lassen?", sagte Valerie und war stolz auf ihre Idee.

Tom schlang das Führseil um den Hals des Pferdes und knotete es fest. "Nein, ich habe doch nicht gemeint, dass du das ernst nehmen sollst. Hilfe! Ich sitze auf einem Pferd, das keinerlei Führung hat. Was, wenn er jetzt plötzlich losrennt? Dann ist es aus mit mir. Aus! Aus! Aus!" Aber Gitanes machte nur kehrt und lief zu einem Flecken voll saftigem grünem Gras zurück, an dem sie eben vorbeigekommen waren, und begann zu fressen. Valerie war enttäuscht. Innerlich hatte sie sich schon für das Abenteuer im Wald entschieden gehabt und sich vorgestellt, dass Gitanes, in einer heroischen Geste, ihr zustimmen und mit voller Kraft voraus in den Wald marschieren würde.

"Ich bin selbst schuld. Das ist die Quittung für meine Unentschlossenheit. Ich will in den Wald!", sagte Valerie. Tom griff nach dem Führseil und führte Gitanes zurück zur Kreuzung und dann mitten hinein in das verheißungsvolle Geheimnis. Valerie ahnte, dass sie weder ihrem, noch Gitanes Wunsch gefolgt waren, sondern, dass Tom das Ganze unauffällig eingefädelt hatte. Ich wollte es ja wissen, dachte sie.

Das Licht fiel in immer neuen Einfallswinkeln durch das Dickicht und auf die bemoosten Steine, die wie dunkler Samt schimmerten. Der Geruch nach feuchter Erde, Fäulnis und süßem Holz stieg ihr in die Nase und das Rascheln der Blätter versetzte sie in eine leichte Trance. Vielleicht werde ich heute erfahren, was es mit Tom und Gitanes auf sich hat, dachte Valerie, warum sie in mein Leben kamen.

Aus dem Dunkel schälte sich eine Lichtung heraus wie ein Dom aus Licht, der bis in die Wolken reichte. Valeries Angst löste sich auf vor dieser beeindruckenden Kulisse und sie sog die feucht-frische Waldluft tief ein.

"Dies ist ein wundervoller Ort", sagte sie. "Er hat eine besondere Energie." Gitanes knabberte an den Blättern, die er mit ausgestrecktem Hals erreichen konnte.

"Lass uns noch ein Stück weiter gehen." Tom schien einen bestimmten Ort zu suchen. Jenseits der Lichtung dehnte sich ein Tannenwald aus, die Atmosphäre hier war dunkler, das Licht drang nur an wenigen Stellen ins Unterholz, das wie ein modriges Verlies wirkte. Die Stämme standen so dicht, dass man kaum zu Fuß hätte vordringen können, geschweige denn mit einem Pferd.

Valerie fror von außen und innen.

Tom hielt das Pferd an, jetzt erst erkannte Valerie, dass an dieser Stelle die Stämme eine kreisähnliche Formation bildeten, in deren Mitte sich eine runde Fläche auftat.

Valerie glitt vom Rücken des Pferdes. Es war vollkommen still in diesem Teil des Waldes, Tiere schienen sich nicht hierher zu verirren, vielleicht, weil die Bäume in Reih und Glied gepflanzt waren und der Ort eine Aura von Leblosigkeit und Bedrohung verströmte.

Tom band Gitanes mit dem Halfter an einem Ast fest, dann zog er seine lederne Tasche über den Kopf und legte sie auf einem Bett aus Tannennadeln nieder. Er schlug den ledernen Lappen, der die Öffnung der Tasche bedeckte, zurück und zog ein Leinentuch hervor. Eine einfache Zeichnung war darauf abgebildet, die Valerie nicht gleich entziffern konnte.

Tom streute eine Handvoll Erde in alle vier Himmelsrichtungen, verneigte sich und ging in die Hocke. Es war kalt, sie hatten Anoraks an, Handschuhe und Mützen. Valerie fror noch mehr, nachdem das Pferd sie nicht mehr wärmte. Gitanes stand andächtig mit gesenktem Kopf da, als würde auch er etwas Geheimnisvolles erwarten.

Dann begann Tom zu singen, Laute mit vollen Vokalen und harten Konsonanten, wie geschliffene Steine. Valerie studierte die Zeichnung auf dem ausgebreiteten Tuch. Sie zeigte ein langgezogenes, vorn und hinten nach oben gebogenes Schiff und nun erkannte sie auch, was die krakeligen Striche darauf darstellten: Menschen, die auf dem Schiff fuhren. Der Traum von der asthmatischen Frau und dem weißen Schiff und der Geisterkahn, den sie auf dem Spaziergang mit ihrer Schwester gesehen hatte, kamen ihr in den Sinn.

Plötzlich hatte sie das Gefühl, dass jemand hier war, rechts neben ihr. *Sie* ist hier, dachte Valerie. Während sie versuchte, die Gegenwart dieses Wesens näher zu ergründen, hörte Valerie, wie sich Toms Gesang in ein asthmatisches Röcheln verwandelte, als spüre er ebenfalls die Gegenwart eines Geistes. Sicher tat er das.

"Wer bist du?", fragte Valerie, aber sie bekam keine Antwort. Sie hatte das Gefühl, dass der Geist sich zeigen wollte, aber dass etwas ihn daran hinderte. Sie war sich ziemlich sicher, dass es Miriam war, die erschienen war, sie hatte schon in einigen Büchern gelesen, dass Menschen, die gewaltsam aus dem Leben gerissen wurden, in der irdischen Welt oder einer Zwischenwelt hängenblieben. Und hatte ihre bescheuerte Schwester nicht auch so etwas gesagt, dass Miriam immer noch hier war? Valeries ganzer Körper vibrierte. Was sollte sie jetzt tun? Was tat man in so einer Situation? Sicher konnte man, wenn man, wie sie, keine Ahnung von Geistern hatte, nur alles falsch machen. Sie konnte Tom fragen, aber da würde sie sich nur nach Strich und Faden blamieren und ihn in seiner Konzentration stören. Und außerdem würden so banale Fragen den Geist auf der Stelle verscheuchen. Valerie wagte kaum noch zu atmen. Hauptsache, das Gespenst blieb hier, so lange, bis sie sich sortiert hatte. Wann würde sie je wieder so eine Gelegenheit haben?

Valerie versenkte sich in Toms Gesang und ließ sich einfach treiben mit dem, was geschah. Die Gegenwart des Geistes fühlte sie immer noch deutlich. Sie merkte, wie ihr Blick immer wieder zu der Zeichnung wanderte und plötzlich hatte sie das deutliche Gefühl, dass der Geist eine der Figuren auf dem Schiff war. Ein Gefühl großer Unruhe befiel sie, als wäre sie Zeuge eines beängstigenden Geschehens. Sie sah rote Haare. Frau Barzi, die Nachbarin mit den rot gefärbten Haaren, die ihr beim Metzger das Buch in die Hand gedrückt hatte, die beim Atmen röchelte. Jetzt fiel Valerie der Titel des Buches wieder ein: "Gespräche mit Verstorbenen."

Ihr wurde eiskalt. "Sie ist auf diesem Schiff", sagte Valerie mit zitternder Stimme. "Sie fährt hinüber." Gitanes kaute ausgiebig und leckte mit der Zunge.

"Warum sind wir hier?", platzte sie heraus. Tom, der ihr gegenüber hockte, hob den Kopf und ihre Blicke trafen sich. Sie hatte ihm noch nie zuvor so tief in die Augen gesehen. Sein Blick war weich und sie schien durch eine Öffnung direkt in das Herz einer zutiefst wohlwollenden Seele zu schauen.

"Du hast mich gerufen", sagte Tom. "Erinnerst du dich nicht?"

"Ich? Nein! Wann soll das gewesen sein?"

"Vor bald neun Monaten."

Valerie rechnete zurück. Das musste im Sommer gewesen sein, als Miriam noch gelebt hatte. Miriam war im September verunglückt. Valerie konnte sich an nichts Besonderes erinnern.

"Wie habe ich dich gerufen?"

"Du hast um Beistand gebeten. Da habe ich dir Gitanes geschickt."

"Ich erinnere mich nicht."

"Damals hast du deine Seele noch nicht gehört."

Valerie versuchte sich fieberhaft an diese Zeit zu erinnern.

"Heißt das, meine Seele wusste oder ahnte, dass meine Tochter sterben würde?"

"Die Seele weiß vieles."

"Wenn ich es gewusst hätte, hätte ich alles getan, um es zu verhindern", sagte Valerie und wurde von Schmerz und Verzweiflung überwältigt. "Was tun wir hier? Was hat dieses Schiff zu bedeuten? ... Das sind Tote, nicht wahr, die auf dem Schiff ... ins Totenreich fahren." Valerie konnte die Worte kaum aussprechen. "Gerade eben hatte ich das Gefühl, dass Frau Barzi, eine Nachbarin von mir, auf diesem Schiff ist. Ich habe sie in einem Traum gesehen, sie und ich waren zusammen auf einem Schiff ... Was hat das alles zu bedeuten? Ich will eine Erklärung – sofort!"

"Ich habe dich hierher gebracht, weil ...", Tom hielt inne als wäre das, was er sagen wollte, schier unaussprechlich.

"Bitte, sag es mir."

"Du sollst nicht glauben, dass *ich* das alles ins Leben gerufen habe. Ich bin nur der Bote."

"Das verstehe ich nicht. Wessen Bote?"

"Du wirst es herausfinden."

"Ich will es sofort wissen. Jetzt!"

"Ich kann es dir nicht sagen. Ich bin hierhergekommen, weil man es mir aufgetragen hat."

"Wer?"

Tom schwieg.

Gitanes wurde unruhig. Er schlug mit dem Kopf hin und her. "Ich verstehe das alles nicht", sagte Valerie. Das Pferd begann am Strick zu zerren, als wolle es sich losreißen. Valerie bekam Angst, dass er sich verletzen würde, wenn er so kopflos reagierte.

Tom stand auf und löste den Panikknoten des Führseils.

Endlich war Gitanes frei. Er lief auf das auf dem Boden liegende Tuch zu. Dort blieb er stehen und senkte den Kopf. Eine fast überirdische Ruhe ging auf einmal von ihm aus. Dann schüttelte er den Kopf, dreimal, langsam und bedacht, und hielt inne. Er stand eine Weile still, dann schüttelte er wieder den Kopf, so dass seine Mähne über den Kamm auf die andere Seite fiel.

"Warum tut er das?", fragte sie. "Was hat es zu bedeuten?"

Erneut schüttelte das Pferd seinen Kopf. Seine Stirnhaare flogen hin und her. Ein heißkalter Schauer erfasste Valerie. Genau so hatte Miriam den Kopf geschüttelt. Genau die gleiche Bewegung, der gleiche Ausdruck. Genau so waren ihre blonden Ponys immer hin- und hergeflogen.

"Miriam!", schrie Valerie vor Entsetzen. Sie brach in Tränen aus und ging in die Knie, weil sie das Gefühl hatte, sich nicht länger aufrechthalten zu können.

Jetzt fiel ihr ein, dass Miriam letzten Sommer einmal über den Tod gesprochen hatte. Valerie hatte geglaubt, dass dies normale Gedanken waren für ein Mädchen in ihrem Alter. Sie waren an einer Pferdeweide gestanden und Miriam hatte gesagt: "Wenn ich sterbe, werde ich im Paradies der Pferde sein. Wie die Zigeuner." Eine Zigeunerfamilie hatte sich vor kurzem am Dorfrand ein Haus gekauft und Miriam hatte sich

mit einem der Kinder, einem Mädchen namens Maria, angefreundet. *Gitanes* war das französische Wort für Zigeuner. Hatte Miriam ihren Tod vorausgeahnt? Aber wie war das möglich? Valerie hatte das Gefühl, dass ein Windstoß ihre Gedankenwelt, die aus Federn bestand, durcheinanderwirbelte, sodass die Federn aufflogen und sich wieder setzten, aber diesmal in einer anderen Ordnung, die einem uner-gründlichen Sinn folgte. Seit Miriams Tod war alles in ihrem Leben durcheinandergeraten. Valerie ahnte, dass sie all das nie wirklich würde ergründen können.

Sie sah Tom an und blieb lange an seinem ruhigen Blick hängen, der ihr wie eine Heimat vorkam. "Ein winziges bisschen habe ich etwas verstanden", sagte sie. "Und dieses winzige bisschen ist schon riesig, es ist ... ich habe keine Worte dafür, aber vielleicht brauche ich die auch nicht." Tom lächelte weise, wie es so seine Art war. Dann spürte Valerie, wie der Geist sich verflüchtigte und der Ort, an dem sie sich befand, sich von einer Zwischenwelt zwischen Leben und Tod in einen dunklen Forst zurückverwandelte. Sie empfand ein Gefühl von innerem Frieden.

Tom bedankte sich bei den Geistern, die gekommen waren. Er verneigte sich in alle vier Himmelsrichtungen, warf jeweils eine Handvoll Erde aus und rollte das Tuch wieder ein.

Valerie klinkte das Führseil wieder ein, während Gitanes ruhig und zufrieden dastand. Sie strich ihm über den Hals.

"Ich danke dir, mein Medizinpferd", sagte sie.

Den Rückweg machten sie zu Fuß. Es war gut, gemeinsam und schweigend durch die von Gerüchen und Licht getränte grüne Dunkelheit zu laufen, schweigend, aber innig verbunden, auf eine leichte, unabhängige Art und Weise. So viel Glück, dachte Valerie und merkte, wie die Starre der Trauer über Miriams Tod sich ein wenig aufzulösen begann.

9

Valerie hielt auf ihrem Weg nach Hause vor Frau Barzis Haus an, in der Straße, die zum "Goldloch" führte, einer Felshöhle, in der, nach einer Legende, ein Goldschatz verborgen lag. Valerie klingelte, aber die Bewohnerin war nicht da. Sie machte beim Bäcker Halt, kaufte ein Brot und konnte sich nicht länger zurückhalten.

"Ich habe bei Frau Barzi geklingelt, ich wollte ihr ein Buch zurückbringen, das sie mir geliehen hat. Wissen Sie ...?"

Die Verkäuferin, Frau Mohnhaupt, die seit dreißig Jahren in diesem Laden Brot verkaufte, und alles kannte, was im Dorf lebte oder starb, kniff die Lippen zusammen.

"Die Barzi isch dledschd Nacht gschdorbe. An Aschtmoofall, des hats scho long ghot. Swar a liabe Fra."

Valerie weinte, während sie die Tüte mit dem Brot entgegennahm. "Ja, sie war eine aufmerksame Frau. Dann werde ich das Buch wohl behalten. Sagen Sie, wissen Sie denn, wann die Beerdigung ist?"

"Mittwoch um Zwei ufffm Waldfriadhouf. Sie hams wohl besser kannt."

"Ja, sie hat mir etwas sehr Wertvolles geschenkt."

Die Verkäuferin lächelte Valerie vieldeutig an.

"'S Aschthmo, des war schlimm. Jetz ischse erlöst. Swar a liabe Fra."

Am Abend rief Valerie Tom an und lud ihn ein, zum Frühstück zu ihr zu kommen. Sie wollte ihm von Frau Barzi, der Frau auf dem Schiff, erzählen. Der Morgen, dachte Valerie, war eine unverfängliche Uhrzeit, in der die Geister ruhten – und sie hatte sich selbst und ihre Motive zuvor sorgfältig geprüft. Sie mochte Tom, das war alles. Keine Lovestory, Tom war Teil ihres Lebens jetzt und schließlich hatte sie gelernt, die Einladungen, die das Leben in letzter Zeit so überdeutlich an sie herantrug, anzunehmen. Tom sagte: "Ich komme gern."

Valerie holte den Honig aus dem Keller, den sie von Hans, dem Imker, der am Ortsrand Bienen hielt, gekauft hatte. Es war ein dunkler Honig, so dunkel wie die Wälder, die sich an den Hängen rings um Schlattstall ausdehnten.

Während sie den Frühstückstisch deckte, dachte sie noch einmal an die letzte Begegnung mit Frau Barzi beim Bäcker. Sie holte das Buch aus dem Regal und strich über den Umschlag. Dann zündete sie eine Kerze an. "Danke", sagte sie. "Für alles. Und gute Überfahrt." Plötzlich liefen ihr Tränen über die Wangen. "Miriam wird da sein. Sie ist ein Engel. Bringen Sie ihr meine Grüße."

Es klingelte. Mit Toms Eintreten veränderte sich die Atmosphäre, er brachte Leichtigkeit in den Raum und eine Fröhlichkeit, die sich nicht in überschwänglichen Gesten äußerte, sondern eher fühlbar als sichtbar war.

"Ich mag dieses Dorf", sagte Tom, während er eine Scheibe des ofengebackenen Brotes mit Honig bestrich. "Es ist von drei Steilhängen umgeben."

"Viele finden es düster", sagte Valerie. "Aber ich mag es auch. Ich fühle mich hier ein wenig wie in einer Wiege ... Hast du den Weg gut gefunden?"

Tom nickte. Miou hatte den Neuankömmling entdeckt und strich um seine Beine, sie miaute ihn an und er streichelte sie mit seinen großen Händen, die so sanft waren, dass Valerie beinahe erschrak. Dieses Weiche und Sanfte seiner Gesten war ihr schon öfter aufgefallen, wenn sie ihn zusammen mit Gitanes erlebt hatte. Eigentlich waren doch Frauen die Sanften und Weichen, aber dieser Mann war um vieles sanfter als sie, dachte sie. Konnte er deshalb so gut mit Tieren umgehen?

"Woher kennst du Evi?", fragte Valerie. Es war das erste Mal, dass sie sich an einem anderen Ort als bei Evi trafen.

"Sie hat ihre Ausbildung gemacht bei einem Freund."

"Ihre Ausbildung zur schamanischen Heilerin? Wo war das? In Deutschland oder USA? Hat er eine Webseite?" Valerie biss sich auf die Lippe, weil sie merkte, wie die Journalistin in ihr die Oberhand gewann.

Tom antwortete, erwartungsgemäß, nicht.

Die Sache mit den Informationen. In Valeries Welt stellte man Fragen und bekam Antworten. In Toms und Evis Welt kamen die Informationen zur passenden Zeit, am passenden Ort, von der richtigen Person, an die richtige Person, und man konnte nichts tun, um dies zu beschleunigen.

Miou sprang auf Toms Schoß. Sie schien einen Narren an ihm gefressen zu haben. Mit endloser Geduld ließ er die Plastikmaus, die sie angeschleift hatte, auf- und abwippen, während sie sich im Sprung um ihre eigene Achse drehte.

"Sie hängt sehr an dir", sagte Tom nach einer Weile. Dann fuhr er unvermittelt fort: "Ich werde nächste Woche in die Staaten fliegen. Wenn du willst, komm mit."

Valerie hatte das Gefühl, jemand hätte auf einen großen goldenen Gong gehauen und der Klang ließe die Wände ihres Hauses erzittern. Ihr Verstand versuchte zu begreifen, was er eben gesagt hatte. Ihre Blicke begegneten sich und wieder empfand sie diese Ruhe und Sicherheit, und auch Anziehung. Als hätte er einen Arm um sie geschlungen und gesagt: 'Komm doch mit. Es wird gut werden.' Aber Valerie konnte das nicht einfach so annehmen. Ihre Gedanken rasten. Welche Valerie meinte er? Valerie, die Freundin seines Pferdes Gitanes? Valerie, die Bekannte seiner Freundin Evi. Valerie, die Frau ...? Sie hatte ihn ein paar Mal bei Evi getroffen, mit ihm ein paar Sätze gewechselt, und sie hatten dieses eindrückliche Erlebnis im Wald zusammen gehabt. Irgendetwas Unerklärliches, Mystisches hatte Tom in ihr Leben gebracht. Er gehörte zu ihrem Leben wie ein alter Bekannter und zugleich war er ein fremder Mann.

"Entschuldige, Tom." Valerie empfand das starke Bedürfnis nach draußen zu gehen. Sie öffnete die Terrassentür und trat hinaus in den Garten. Die Krokusse blühten, orangegelb und violett, Schneeglöckchen bildeten ein Feld aus weißen Tupfen unter dem Pflaumenbaum. Eine Handvoll verlorene Schäfchenwolken strichen verträumt über den hellblauen Himmel. In der Ferne brummte ein Traktor. Der Schlagschatten des Gartenzauns fiel Valerie bis fast vor die Füße.

Es war nicht leicht, sich vorzustellen, viele Tage in Toms Gegenwart zu verbringen, mit dieser Ruhe und zugleich Energie, die von ihm ausging, die stark und vereinnahmend war, nicht, weil er das beabsichtigte, sondern weil sie ihm nichts entgegensetzen konnte. Deshalb verstand sie auch nicht, warum er sie zu einer Reise einlud. Wie konnte er jemanden wie sie interessant finden? Und überhaupt, sie konnte doch nicht einfach nach Amerika verschwinden. Wo sind wir denn? Und wer sind wir denn? Warum tat er das – für sie?

Valerie warf einen flüchtigen Blick ins Innere des Hauses und sah Tom allein am Esstisch sitzen. Er gehörte dort nicht hin, er sah aus wie von einem fernen Planeten gestrandet. Aber es schien ihn nicht zu kümmern.

Wenn ich ihn frage, warum er mich einlädt, sagt er bestimmt, er wäre nur der Bote. Ich würde wirklich gern einen Menschen wie ihn besser kennenlernen, aber mit einem wildfremden Mann auf eine Reise gehen? In ein so weit entferntes Land? Valerie atmete tief ein und aus und kehrte zurück. Sie war nun einmal in dieser Situation und musste handeln.

"Ich weiß, das ist ein bisschen schwierig für dich", sagte Tom. Valerie nahm einen Schluck Kaffee und merkte, dass er kalt geworden war. Sie musste ziemlich lange im Garten gewesen sein.

"Möchtest du noch einen Kaffee? Oder etwas anderes? Einen Tee vielleicht?"

"Der Kaffee war sehr gut, ich würde gern noch eine Tasse trinken", sagte Tom.

Valerie setzte den Wasserkocher in Gang.

"Wie lange bist du schon in Deutschland?", fragte sie eine Weile später, den Henkel der heißen Kaffeekanne in der einen Hand, die andere Hand um das warme Gefäß gelegt.

"Ich kam vor zwanzig Jahren mit der Army."

"Bist du immer noch in der Army?"

"Schon lange nicht mehr."

"Warum bist du in Deutschland geblieben?"

Er schüttelte den Kopf und lachte silbern. "Wegen den Pferden."

"Habt ihr da drüben nicht genügend Pferde? Ihr habt doch viel mehr Platz für sie."

"Es ging um ein bestimmtes Pferd. Der Vater von Gitanes. Ich habe ihn von Marokko nach Deutschland gebracht, weil er mich bat, das für ihn zu tun." Toms Züge, die ohnehin schon glatt waren und kaum ein Anzeichen von Alter erkennen ließen, entspannten sich noch ein kleines bisschen mehr. Sein ganzer Körper schien sich einer Vorstellung hinzugeben, die sehr angenehm für ihn war und ihr eine Ahnung davon vermittelte, wie sehr Toms Leben mit den Pferden verbunden war.

"Wie war der Name des Pferdes?"

"Jacques-le-merite"

"Jacques-verdient-es?" Valerie übersetzte den französischen Namen wortwörtlich auf deutsch.

Tom lächelte. "Ja, und sein Name passte zu ihm. Er hatte es verdient, ... ein gutes Leben zu haben. Er hat mir meine Mühe tausendfach zurückgegeben."

"Lebt er noch?"

"Er starb – letztes Jahr."

"Wann?"

"Am 23. September."

"Das ist nicht wahr!" Ein Krampf schnürte Valeries Kehle zu. "Am selben Tag wie Miriam." Valerie stellte die Kaffeekanne auf dem Tisch ab. Die Morgensonne schien jetzt auf den Dielenboden, tauchte das Sofa, die gedrechselten Füße des alten Wandschranks und den gusseisernen Ofen in gleißendes Licht.

"Würdest du mit mir in Miriams Zimmer kommen?", fragte Valerie. Sie hatte das Bedürfnis, Tom das Zimmer zu zeigen. Wieder hatte sie das Gefühl, dass der Vorhang zu einer geheimnisvollen Wirklichkeit, hinter dem unergründliche Fäden gewebt wurden, kurz aufgegangen war. Noch mehr, das erste Mal, seit Miriam geboren worden war, hatte sie das Gefühl, einen Zugang zu jener Seite an Miriam zu finden, die sie immer ein wenig beängstigt und befremdet hatte. Denn Miriam und Tom hatten manches gemeinsam, auch wenn das auf den ersten Blick nicht zu erkennen war. Auch Miriam hatte diese in sich ruhende Ausstrahlung gehabt und dieses intuitive Wissen um verborgene Dinge.

Das Zimmer bestand aus einem Stockbett unter dem ein Zweiersofa stand, gegenüber ein Schreibtisch und ein Stuhl. Die Wände waren gepflastert mit Pferdepostern, die Regale gefüllt mit Spielzeugpferden. Miriam hatte auch Pferde gemalt – die unter einem Regenbogen standen, in einem Paradiesgarten, Pferde, mit Flügeln und ohne Flügel, in allen Farben, Formen und Größen. Valerie öffnete eine Schublade und zog einen Stapel Zeichnungen heraus, die mit Buntstiften und Kreiden angefertigt waren. Sie reichte Tom die Zeichnung eines Mädchens mit blonden Haaren, das neben einem schwarz-weiß-gescheckten Pferd steht.

"Das ist Miriam?", sagte Tom.

Valerie nickte, Tränen füllten ihre Augen. "Und das ist Jacques, nicht wahr?"

"Ja", sagte Tom.

Valerie drehte die Zeichnung um. Auf der Rückseite stand in großen Buchstaben: JACQUES.

"Sie war kein gewöhnliches Mädchen", sagte Tom.

"Nein." Die Tränen schossen jetzt aus Valeries Augen, sie schluchzte und brachte lange Zeit kein Wort hervor.

"Sie hatte besondere Fähigkeiten ... Aber ich habe sie nie ernst genommen darin, ... viele Leute glaubten, dass etwas nicht stimmte mit ihr! Und es tut mir so unendlich leid, dass ich als ihre Mutter mich nicht ganz hinter sie gestellt habe. Das kann ich mir einfach nicht verzeihen. Ich wusste zu wenig von diesen Dingen. ... In der Schule war sie oft abwesend, sagten ihre Lehrer ... Sie musste eine Klasse wiederholen. Sie hatte keine richtigen Freundinnen, sie redete wenig, sie ertrug keine Menschenansammlungen, schon fünf Menschen in einem Raum waren zu viel für sie. Meine Familie hielt sie für unerzogen und unfreundlich." Valerie wurde überwältigt von dem Bedürfnis über Miriam zu sprechen. "Ich habe sie geliebt, so wie sie war, aber da war etwas in mir, das glaub-te, sie müsse sich anpassen, um in dieser Welt zu überleben. Ich habe geglaubt, ich müsse sie verändern, erziehen. Ich habe sie damit gequält und sie war bestimmt oft verzweifelt ... Ich habe einen riesengroßen Fehler gemacht." Valerie zitterte an allen Gliedern und die Tränen flossen ihr über die Wangen. Sie setzte sich auf den Schreibtischstuhl und sah den Raben auf dem Fenstersims sitzen. Schüchtern winkte sie ihm zu und wischte sich die Tränen ab.

"Es tut mir leid, dass ich dich so mit meinen Gefühlen überfallen haben", sagte sie zu Tom.

Tom stellte sich ans Fenster und sah hinaus. Valerie legte die Zeichnung in die Schublade zurück. Plötzlich überkam sie eine große Ruhe und ihre Unentschiedenheit darüber, ob sie mit Tom in die USA fliegen sollte, löste sich auf.

"Ich glaube, Miriam würde wollen, dass ich mit dir auf diese Reise gehe", sagte sie.

Valerie verschwand auf die Toilette und als sie zurückkehrte, fand sie Tom im Garten. Er hatte sich in einen der Gartenstühle gesetzt und ließ sich die Sonne aufs Gesicht scheinen. Valerie holte sich einen zweiten Stuhl und setzte sich zu ihm.

"Kannst du mir etwas über diese Reise sagen? Wo genau fahren wir hin und was erwartet uns dort?"

"Viele Fragen auf einmal."

"Entschuldige. Wohin fahren wir?"

"In den Bundesstaat Arizona."

"Für wie lange?"

"Eine Woche."

"Und was erwartet uns dort?"

"Der Stamm."

"Der Stamm?" Valerie versuchte sich etwas vorzustellen unter diesem Wort.

"Der Stamm, wer ist das? Ein Indianerstamm?"

"Du wirst es sehen." Valerie hatte das Gefühl, dass die Menge an Information, die zu diesem Zeitpunkt von Tom an sie übermittelt werden sollte, zur Neige ging.

"Nur noch eine Frage", sagte sie. "Warum ich?"

Tom lächelte geheimnisvoll wie immer. "Du bist eine von uns. Wir haben auf dich gewartet."

10

Ihr Reisepass war noch gültig. Valerie schlug den Terminkalender auf: Die Aufträge und Termine konnte sie ohne große Probleme verschieben. Blieb nur noch Miou. Die Katze klebte seit Toms Besuch an ihr, als wisse sie, dass sie verlassen werden würde – wenn auch nur für eine Woche. Valerie kannte niemandem im Dorf so gut, dass sie um Katzenbetreuung hätte bitten können, genau genommen: Sie wollte niemanden so gut kennen. Sie schätzte ihre Anonymität. Ihre Eltern hatten einen Hund, ihre Schwester hatte einen Hund. Miou konnte Hunde nicht ausstehen. Ihre Freundinnen lebten, wie es für jemanden, der hauptsächlich mit Computer und Telefon arbeitete, nicht überraschend war – weit weg. Außerdem war die Zahl der Tierliebhaber unter ihnen nicht sehr groß, was daran lag, dass die Zahl ihrer Freunde ohnehin gegen Null tendierte.

Der Flug nach Tucson, Arizona, war für Donnerstag geplant. Am Montagmorgen übergab sich Miou auf dem Berberteppich im Schlafzimmer. Am Mittag übergab sie sich auf dem Wohnzimmerteppich und den Küchenfliesen, den restlichen Tag lag sie im Wäschekorb. Am Abend setzte Valerie Miou in die Transportkiste und fuhr zu Evi.

"Auf keinen Fall werde ich eine kranke Katze aufnehmen. Ich bin schockiert, dass du das von mir verlangst." Die immer launische schamanische Begleiterin war heute besonders schlecht gelaunt.

"Ich verlange es nicht. Ich habe nur gefragt."

Evi warf einen Blick in die Box. "Sie wird sehr leiden. Schon die Vorstellung, dass du sie alleinlässt, hat sie sehr mitgenommen. Die Botschaft ist klar."

"Entschuldige, dass ich gefragt habe. Ich werde jemand anderen fragen", sagte Valerie.

"Du darfst sie nicht allein lassen", erwiderte Evi und ihr Blick schnitt wie eine Klinge die Luft entzwei.

"Deshalb habe ich dich gefragt, weil ich weiß, dass sie bei dir gut aufgehoben wäre." Valerie war entschlossen, nicht so schnell aufzugeben.

"Ich verstehe Miou, aber ich mag deine Energie nicht. Du willst nach Arizona fahren, zu einer Versammlung indianscher Heiler. Aber wer bist du? Eine Touristin, ein Spion, ein Parasit", sagte Evi.

Valerie war nicht ganz klar, welche Beziehung Tom und Evi hatten und ob sie vielleicht eifersüchtig war. Hatte Evi erwartet, dass Tom sie, die erfahrene Schamanin, mitnehmen würde? Vielleicht war Evi sogar in Tom verliebt, aber das ging Valerie wahrlich nichts an und sie würde sich eher die Zunge abbeißen als danach zu fragen.

Evi verschwand in die Küche und Valerie folgte ihr. Es wäre das Beste gewesen, einfach zu gehen, aber Valerie wollte diese Behandlung nicht auf sich sitzen lassen.

"Was habe ich dir getan?"

"Deine Energie ist sehr negativ", wiederholte Evi noch boshafter.

"Meine Energie? ... Mir geht es blendend."

"Du bist nicht genügend geschützt für diese Erfahrung."

"Dann erklär mir, wie ich mich schützen kann."

"Das kann ich dir nicht an einem Nachmittag vermitteln – und ich will es auch nicht." Evi begann, Tassen und Teller zu spülen. Valerie hatte das Gefühl, extrem unerwünscht zu sein, aber sie wollte nicht lockerlassen. "Ich kann gut auf mich selbst aufpassen", erwiderte sie trotzig.

Evi lachte abfällig. "Du weißt nichts. Der Tod deiner Tochter hat dich verwundbar gemacht, du folgst jedem Zeichen, jeder Spur und merkst nicht, wie viele Trittbrettfahrer sich schon auf deinem Schiff breitgemacht haben. Du bist eine leichte Beute für sie. Sie reiben sich schon die Hände." Evi sagte es ohne eine Spur Häme, so als würde sie sich tatsächlich Sorgen machen. Evi hatte ja nun wirklich jede Menge Erfahrung mit Geistern, Tod und all diesen mysteriösen Energien.

Valerie fühlte sich getroffen. Was wollte Evi ihr sagen?

"Kannst du mir das irgendwie genauer erklären?"

"Du sagst, du kannst auf dich aufpassen", fuhr Evi fort. "Damit meinst du deinen Verstand. Aber dein Verstand kann dich nicht schützen."

Du willst wohl mein *Superhirn* beleidigen, dachte Valerie. Rede, was du willst, mein Superhirn hat mich noch nie im Stich gelassen. Schön, du hast es dir in deiner Schlapphutwelt gemütlich gemacht, dachte Valerie. Aber ein Superhirn kann auch ganz nützlich sein, wenn alles um einen herum anfängt zu fliegen. Trotzdem blieb die Bemerkung über Miriams Tod und ihre Verwundbarkeit bei Valerie hängen.

Evi hatte ihr Thema gefunden: energetischer Selbstschutz, die Grundlage jeder geistigen Arbeit.

"Du hast keinen Respekt vor den Geistern, und weil du keinen Respekt hast, hast du keinen Schutz."

"Ich muss mich nicht vor etwas schützen, das ich gar nicht kenne."

"Du kennst die Geister nicht, aber sie kennen dich."

"Ich lasse mir von dir keine Angst einjagen", erwiderte Valerie trotzig.

"Dir geht es nur darum, etwas Sensationelles zu erleben und hinterher ein Buch darüber zu schreiben. Du hast keine

Ahnung, welchen verheerenden Schaden du damit anrichtest. Deine Katze zeigt es dir, aber du nimmst es nicht ernst."

Valerie merkte, wie sie sich innerlich verhärtete. "Die Geister können gern kommen, ich habe Knoblauch im Gepäck."

Das Lachen, mit dem Evi antwortete, war schmutzig. Womöglich lachten die Geister ebenso schmutzig.

"Gibt es noch etwas, vor dem du mich warnen musst?"

"Deine Katze tut mir wirklich leid. Sie muss es ausbaden."

"Es muss doch möglich sein, Miou eine Woche allein zu lassen. Bleiben wir auf dem Teppich. Sie ist eine Katze."

"Das meine ich. Du glaubst, du kannst der heiligen Welt ihre Geheimnisse entreißen und ein Tier dafür leiden lassen. Ich verstehe nicht, dass Tom das nicht sieht. Nunja, er ist ja auch ein Mann."

Das saß. Tom hätte sie nicht beleidigen dürfen.

"Du bist derart selbstgerecht, dass einem übel werden kann."

"Du lässt deine Katze im Stich, genauso wie du Miriam im Stich gelassen hast, nur um deinen egoistischen Vergnügungen nachzugehen."

"Was?!!! Jetzt ist das Maß voll. Wie kannst du mir vorwerfen, ich hätte Miriam im Stich gelassen?"

"Warst du jemals mit ihr im Stall? Sie war immer allein mit Korbas. Du bist immer nur mit deinem Mini vorgefahren und hast sie abgeholt, am besten, ohne einen Fuß auf den Hof zu setzen. Du hast dich nicht die Bohne dafür interessiert, wer Miriam wirklich war. Du kanntest sie nicht. Du hattest nicht die geringste Ahnung."

"Wenn du noch ein Wort sagst, dreh ich dir den Hals um, du Geisterseherin!" Valerie hatte noch nie so mit jemandem geredet, aber Evi hatte sie an ihrer verwundbarsten Stelle

getroffen und sie konnte nicht anders als brutal zurück-
schlagen.

"Verlass mein Haus!", schrie Evi vor Zorn glühend.

"Gerne", erwiderte Valerie.

"Ich will mit dir nichts mehr zu tun haben."

"Genau dasselbe wollte ich eben dir sagen! Du kannst
mich mal."

Valerie schoss wie ein Pfeil aus Evis Haustür und schlug
die Tür so heftig hinter sich zu, dass das ganze Haus wa-
ckelte.

Wie konnte ich nur so unbeherrscht sein, fragte sich Valerie. Liegt es an Evi oder an mir oder was ist hier eigentlich
los?

Und wo finde ich jetzt einen Platz für Miou?

11

In Arizona hatte es, laut www.accuweather.com, zwischen siebzehn und zwanzig Grad, auf der Kreissparkasse in Esslingen am Neckar hatte man Dollars vorrätig. Nur Miou ging es immer noch elend. Valerie erkannte Tamaras Nummer auf dem Display.

"Hi, wie geht's?" Tamaras Stimme klang extrem überschwänglich. "Ich habe meinen Job gekündigt. Ist das nicht phantastisch? Mark und ich, das läuft wieder super ... ich kann dir sagen, ich bin vielleicht froh. Wie geht es dir?"

Valerie bekam Magenschmerzen als sie Tamara so reden hörte. "Ich fliege für ein paar Tage in die USA", sagte Valerie. "Und ich brauche dringend jemanden, der auf meine Katze aufpasst."

"Was tust du denn in den USA?" Tamara zog die Vokale USA lang, als wären sie Kaugummi und Valerie merkte wie neidisch ihre Schwester war, das war schon so gewesen, als es um das Dreirad und die Abschlussballfrisur gegangen war.

"Ich recherchiere für ein Buch."

"Was denn für ein Buch?"

"Über Kakteen."

"Seit wann interessierst du dich für Kakteen?" Tamara wartete die Antwort nicht ab, sondern schwärmte stattdessen von der gemeinsamen Spritztour, die sie mit Mark un-

ternommen hatte – in seinem neuen Porsche – nach Ho-
henschwangau zum Schloss von Ludwig dem Zweiten.

"Könntest du nicht Miou nehmen für zehn Tage?"

"Aber ich habe doch Alexander." Den Boxer.

"Du kannst doch das Gästezimmer für Miou einrichten
und einfach die Tür geschlossen halten."

Tamara seufzte. Valerie versuchte durch die Leitung
hindurch die Antwort zu erahnen, bevor sie ausgesprochen
wurde, eine Fähigkeit, in der sie sich in den letzten Wochen
erheblich verbessert hatte.

Tamara würde – entgegen aller Wahrscheinlichkeit – Ja
sagen.

"Okay."

"Du kannst dir nicht vorstellen, wie erleichtert ich bin",
erwidert Valerie – aus ganzem Herzen. "Du hast etwas ganz
Großes gut bei mir."

"Das tue ich doch gern, Schwesterherz. Du bist die Einzige, mit der ich offen reden kann, habe ich dir das schon mal
gesagt? Alle meine Freundinnen sind neidisch auf mich, auf
Mark, auf das große Haus, auf meinen beruflichen Erfolg.
Immer muss ich mich kleinmachen. Aber du stehst über
diesen Dingen, du neidest mir nichts.

Wie konnte jemand wegen Mark auf Tamara neidisch
sein, fragte sich Valerie. Tamara hatte ihren Stress mit
Mark anscheinend erfolgreich verdrängt, denn sie erging
sich noch ein wenig in ihrer *Ich bin reich, erfolgreich und zu
bedauern* - Klage. Dann erklärte sie mit ebenso großem Pa-
thos: "Ich gönne dir deine Reise von ganzem Herzen. Du
hast es so schwer gehabt – und ich nehme gern deine Katze.
Das ist das Geringste, was man für eine Schwester tun
kann."

Am Nachmittag ging es Miou besser. Ob es mit dem Telefonat zu tun hatte – vielleicht, vielleicht auch nicht. Auf alle

Fälle trug Mious neu erwachter Frohsinn erheblich dazu bei, dass Valerie allmählich Reiselust bekam. Sie saß in ihrem Schaukelstuhl, beobachtete die Amseln, und ließ im Kreis tanzende Indianer und ihre Pferde an ihrem inneren Auge vorbeiziehen. Miou sprang auf ihren Schoß. "So etwas habe ich noch nie gemacht, Miou, mit einem Mann, den ich kaum kenne, in ein fremdes Land zu reisen und dort ... meinen *Stamm* zu treffen, der auf mich *wartet*." Sie setzte Miou ab, die sich miauend beschwerte und lief zum Computer. Sie rief eine Karte von Arizona auf, studierte die Städte, die Geografie, die Vegetation – und verbrachte die halbe Nacht mit der Geschichte der Apache-Indianer. Sie druckte sich das Foto einer Gebirgssilhouette aus, die, wenn man genau hinsah, eine schlafende Medizinfrau darstellte: *Wright Peak.* Der richtige Gipfel, dachte Valerie. Alles wird gut.

Das einzig Traurige war, dass Valerie sich nicht von Gitanes verabschieden konnte, weil Evi sie wahrscheinlich mit der Schrotflinte begrüßt hätte. Sie holte die Postkarte mit dem gescheckten Pferd aus Miriams Zimmer, fuhr zum Breitenstein, ihrem Lieblingsfelsvorsprung, und bestaunte den Sonnenuntergang. "Gitanes, mein Kumpel, mein Medizinpferd, lass mich nicht hängen, da drüben, über dem Teich. Ich zähle auf dich. Wenn mir das Wasser bis an den Hals steht, musst du mir die richtigen Botschaften morsen. Und vergiss die Zeitverschiebung nicht, alles klar?"

Als sie in die Wolken blickte war ihr, als sähe sie ein schwarz-weiß geschecktes Pferd in Zeitlupe am Himmel vorbeischweben.

Die blaue Reisetasche stand gepackt im Flur neben der Garderobe, die olivgraue Stoffhandtasche lag, genau wie der blaue Allwetter-Anorak obenauf, beides würde als Handgepäck gehen. Miou hatte sie gestern bei Tamara abgegeben, zusammen mit einem Karton ihres Lieblingsfutters.

Valerie hatte das Taxi für acht Uhr bestellt, sie wollte sich um neun mit Tom am Terminal von Delta Airlines in Stuttgart treffen.

Valerie stand im Garten, die Augen geschlossen und hörte auf ihren Atem. Sie rief den Geist des Kirschbaums, des Zwetschgenbaums, des Apfelbaums, der Magnolie, des Raben, der Amseln, den Geist von Gitanes und alle anderen bereitwilligen Geister herbei und bat sie, ihr während des Flugs auf den Schwingen des eisernen Vogels zur Seite zu stehen.

Wie aus weiter Ferne drang eine süße, schmeichelnde Melodie an ihr Ohr. Der Ruf eines Wesens aus der Welt hinter dem großen Vorhang, das auf ihre Bitten antwortete. Nach der dritten Wiederholung begriff Valerie, dass es die Haustürklingel war.

"Tamara!" Ein Blick auf die Transportbox in der linken Hand ihrer Schwester und Valerie landete wieder auf dem harten Boden der Tatsachen. Das Weben des Schicksals. Tamaras Wimperntusche war verschmiert, ihr Auge tiefblau.

"Ich kann Miou nicht nehmen, Mark bringt mich sonst um."

"In drei Stunden geht mein Flugzeug. Was soll ich machen?"

"Du musst die Reise abblasen."

"Auf keinen Fall."

"Mark hat mich vertrimmt, letzte Nacht."

"Wegen Miou?"

"Es war alles mein Fehler. Ich hatte ihn nicht gefragt und er fühlte sich überrumpelt, als du plötzlich dagestanden bist mit ihr. Ich hab dann noch versucht, es ihm zu erklären, ich habe mich entschuldigt, aber das hat ihn nur noch wütender gemacht.“

„Das tut mir wahnsinnig leid, Tamara.“

Tamara stellte die Transportbox neben dem Koffer ab.

„Es wäre sowieso besser, wenn du nicht fliegen würdest“, sagte Tamara kleinlaut. „Ich brauche dich hier. Du hast ja so recht, mit dem, was du über Mark gesagt hast, und ich glaube, allein schaffe ich es nicht.“

Das Schicksal schlägt zu, dachte Valerie. Aber halt, erst das Superhirn einschalten, bevor ich mich unterwerfe.

„Ich weiß, wie wir es machen können: Du ziehst bei mir ein, bis Mark sich wieder beruhigt hat, dann ist auch Miou nicht allein“, sagte Valerie.

„Und was ist mit dem Hund? Ich kann ihn nicht mit hierher bringen und Mark kann nicht jeden Tag mit ihm rausgehen.“

„Du kannst Alexander doch zu den Eltern bringen.“

„Die werden nicht fertig mit ihm.“

„Dann bring ihn mit hierher und lass Miou in Miriams Zimmer so lange. Sie wird es verkraften.“ Beunruhigender noch als die Vorstellung, dass Miou zehn Tage in einem Zimmer eingesperrt sein würde, war die Vorstellung, dass der unerzogene Boxer ihr Haus in Einzelteile zerlegen würde. Aber das war Valerie jetzt egal. Alle Zeichen standen auf Arizona und sie würde da hinfliegen.

„Wenn ich ausziehe, flippt Mark aus. Er wird mich überall suchen und wenn er merkt, dass ich nur wegen der Katze bei dir bin, wird er sie umbringen. Er hat schon einmal ... “ Tamara blieb mitten im Satz stecken und auch Valerie wollte das Ende nicht hören. Nicht jetzt.

Tamara ließ sich auf einem Stuhl nieder, ihr Oberkörper fiel auf die Tischplatte aus Eichenholz und sie weinte hemmungslos.

"Zieh ins Frauenhaus und nimm Miou mit", sagte Valerie. "Dort seid ihr sicher vor Mark."

Tamaras Timing, dachte Valerie, war wie immer perfekt. Außerdem hatte sie anscheinend die Gittertür der Transportbox nicht richtig geschlossen, denn Miou sprang aus der Box und lief davon.

Es dauerte eine halbe Ewigkeit, bis Tamara aufhörte zu weinen. Valerie schaute auf die Uhr. In fünf Minuten würde das Taxi kommen und Miou war spurlos verschwunden. Sie versuchte, mit Tamara zu reden, auch wenn ihr bewusst war, dass dies nur Zeitverschwendung war.

Das Taxi stand vor der Türe.

"Einen Augenblick", sagte Valerie zu dem träge dreinblickenden Mann, der ausgestiegen war, um ihre Reisetasche einzuladen. Ein Teil von ihr hoffte immer noch, dass Miou im letzten Augenblick auftauchte und ihre Schwester den Ernst der Lage erkannte.

Am Ende der Straße tauchte ein silbergrauer Porsche Boxster auf. Die Beifahrertür des Wagens wurde aufgestoßen, Alexander sprang kläffend heraus, und drückte Valerie an den Gartenzaun. Tamara schien das charakteristische Röhren des Motors erkannt zu haben und erschien in der Haustüre. Mark, unrasiert, nach Schweiß riechend, pflanzte sich vor Valerie auf. "Ich weiß, dass du dahinter steckst", sagte er ohne weitere Erklärungen.

"Hinter was?"

Er antwortete nicht, sondern stürmte auf Tamara zu, packte sie wie ein bissiger Hund am Arm und zerrte sie in sein Fahrzeug. Es war grausam, mitanzusehen, wie ihre ein Meter achtzig große Schwester mit Muckis, die ihren Mini-Ehemann wie einen Grashalm hätten umknicken können, zu einem Häuflein Asche verbrannte. Der Hund sprang auf den Rücksitz. Mark stieß Tamara auf den Beifahrersitz und ließ den Motor aufheulen. Valerie stand wortlos da. Der

Schlussakkord seines fulminanten Auftritts bestand darin, dass Mark die Scheibe herunterließ und zu Valerie hinüberschrie:

"Du wirst dafür bezahlen."

"Wofür?"

"Ich werde dich bei lebendigem Leib in kleine blutige Stück zerschneiden."

Das Auto preschte davon.

"Dann kann's losgehen?", fragte der Taxifahrer ungerührt.

"Meine Katze", sagte Valerie. "Sie ist allein im Haus."

"Ich habe vier Katzen, die allein in meinem Haus sind."

"Aber Sie verreisen nicht für zehn Tage." Valerie spielte mit dem Gedanken, den Taxifahrer zu fragen, ob er ihre Katze bei seinen Vier aufnehmen würde, aber der Mann roch nach schimmligem Käse und sie wusste, dass Miou ihn verabscheuen würde.

Der Wind in Valeries Vorgarten drückte die zarten Halme des Frühlingsgrases bis auf den Boden nieder. Gitanes, mein Medizinpferd!

"Einen Augenblick", sagte Valerie und verschwand in den Garten. 'Gitanes, du musst mich herausholen aus dieser beschissenen Lage. Ich will nach Amerika reisen, um den letzten Geheimnissen der Menschheit zu begegnen, aber ich schaffe es nicht einmal, meine Katze für ein paar Tage unterzubringen.'

Sie setzte sich in ihren Gartenstuhl und schloss die Augen. Vor ihrem inneren Auge tanzte Mark und feuerte seine Sprüche ab. Dann sah Valerie ein neugeborenes Kind in einer Krippe. Es war umgeben von Menschen, Männern und Frauen in einer Kleidung aus weit zurückliegender Zeit. Valerie hörte ihre Stimmen: 'Wir warten auf dich.' Das Bild besaß eine solche Intensität, dass alle anderen Gefühle verblassten.

"Danke, Gitanes", sagte Valerie und erhob sich. "Miou!"

Ihre Nachbarin, eine ältere Frau, die Valerie wegen ihrem gebeugtem Rücken gerade bis ans Brustbein reichte, schaute über den Gartenzaun.

"Sie ist bei mir", sagte die Dame.

"Ich würde Sie gern dafür bezahlen, dass Sie auf meine Katze aufpassen", sagte Valerie. "Ich muss für zehn Tage verreisen."

"Des goht net", erwiderte die Nachbarin. "Die Katz isch recht, aber des Geld nemme net. Bringet Se mir a Boschtkart mit."

"Das mache ich gern", erwiderte Valerie. "Geben Sie Miou zweimal am Tag das Futter, das auf der Küchenanrichte steht. Hier ist der Schlüssel."

Hallelujah, hallelujah, halleeeee-luuujaaah ...

12

Zweiundzwanzig Uhr, Mountain Standard Time, warmer Wind, Palmen und Kakteen beim Hinaustreten aus dem Flughafen von Tucson, Arizona. Sie stellten ihre Uhren acht Stunden zurück und holten den Mietwagen ab. Im Flugzeug waren sie nicht nebeneinander gesessen, weil sie ihre Flüge getrennt gebucht hatten, aber jetzt war Tom da. Valerie fühlte sich an seiner Seite wie eine Orchidee neben einer hundertjährigen Eiche. Obwohl sie ihn jetzt ein bisschen besser kannte, flößte er ihr immer noch Ehrfurcht ein. Oder war es nicht er, sondern das, wofür er stand, das Geheimnisvolle, das zu erforschen sie hierher gekommen war? Valerie wollte ein Teil dieses Etwas sein, das so heilig war, dass sie in seiner Gegenwart kaum zu atmen wagte. Du rufst Kräfte, die du nicht beherrschen kannst, hatte Evi sie gewarnt. Bei Gelegenheit, nahm Valerie sich vor, würde sie sich bei Evi entschuldigen und zugeben, dass sie wirklich Einiges nicht so richtig im Griff hatte.

Es war spät abends und sie checkten ins La Quinta Airporthotel ein, jeder mit seiner eigenen Zimmernummer. Das gesichtslose Hotelzimmer, die Klimaanlage, das blitzblanke Bad und der Stapel steriler weißer Handtücher kamen Valerie vor wie eine Insel in einem Meer des Unheimlichen, das auf sie wartete. Die Sonne erhob sich am nächsten Morgen mit einem herzzerreißenden Rot, das den Himmel mit blutigen Striemen überzog. Was Amerikaner sich in den Mund stopften, konnte man nicht Frühstück nennen, eher Geschmacksillusionen, die sich als Bagel und Kaffee ausgaben, gegen die die körpereigene Chemie der Amerikaner jedoch jeden Widerstand aufgegeben zu haben schien.

Bald hatten sie die Reihe der fade getünchten Häuser und großformatigen Werbeleuchttafeln an den Ausläufern der in die Ödnis gewalzten Stadt Tucson hinter sich gelassen. Der Geländewagen schnurrte gemütvoll auf dem Highway entlang. Valerie legte einen Arm in das heruntergelassene Fenster und die Radiomusik wehte hinaus wie ein Gruß an die unfassbare Weite, die sie umgab.

Unmerklich wurde die Landschaft bergiger, bizarrer, baumlose Felsformationen zeichneten sich am Horizont ab, ihre Formen wie das Geschichtsbuch eines unsichtbaren Erzählers: Köpfe von ehrwürdigen Indianerhäuptlingen, liegende, stehende, davonjagende Menschen und Tiere mit grotesk verzerrten Gliedmaßen, zum Gebet geschlossene Hände und wuchernde steinerne Pflanzen. Valerie starrte auf das Armaturenbrett, um die Vertrauenswürdigkeit ihrer Wahrnehmungen zu überprüfen, weil sie glaubte, die Zeitumstellung habe ihr Gehirn weichgekocht und es gaukle ihr Trugbilder vor. Aber als sie wieder aus dem Fenster blickte, waren die Indianerhäuptlinge in den Felsen immer noch da.

"Das alles hier wirkt sehr ... belebt", sagte sie zu Tom.

"Hat dich jemand begrüßt?", erwiderte er wie selbstverständlich.

Valerie lachte. Sie hielt den Arm in die warme Fahrtluft, als wolle sie einem der ortsansässigen Geister die Hand reichen.

Hoppla! Da war tatsächlich jemand. ES nistete sich in Valeries Brust ein und grinste. "Es fühlt sich gut an", sagte sie, während sie versuchte, das Alarmschrillen ihres Verstandes zu überhören. Aber sie war ja im Urlaub, und *Superhirn* sollte eine Verschnaufpause bekommen. Wenn sie zurück war, konnte sie *Superhirn* ja wieder von der Leine lassen.

"Wer ist es?", fragte Tom

"Seine Farbe ist minzgrün – er ist ein Quellgeist", sagte Valerie, als wäre es das Normalste der Welt, sich über verschiedenfarbige Geister zu unterhalten. "Wenn wir Wasser brauchen, führt er uns hin", sagt er.

"Sehr freundlich", antwortete Tom. "Frag ihn, was wir ihm im Gegenzug anbieten können."

Der Geist schien auf die Frage gewartet zu haben.

"Er sagt, dass das Land ausgetrocknet ist und dass wir Regen machen sollen."

Tom lachte aus vollem Herzen. "Er scheint uns Einiges zuzutrauen."

Valerie seufzte. "Das fängt ja gut an."

Ungefähr nach einer Stunde passierten sie einen Kontrollposten, der nach illegalen Einwanderern suchte, die mexikanische Grenze war nicht weit. Toms und Valeries deutscher Pass zerstreute ihre Zweifel. Wenig später verließen sie den Highway und bogen in eine staubige Piste ein, der Boden war hart wie Beton und gewellt, es fühlte sich an, als würden sie über ein Waschbrett fahren.

Ein rostrot gestrichenes Gatter, das aus der Halterung entfernt worden oder einfach herausgefallen war, lag an der Stelle, wo anscheinend einmal der Eingang zu dem Grundstück gewesen war. Der zweite Flügel des Tors fehlte ganz. Daneben entdeckte Valerie ein Schild, das mit der Aufschrift nach oben in einem Haufen vertrocknetem Gestrüpp lag. *Double T Bar Ranch* stand dort.

"Was bedeutet der Name?"

"Sie benennen ihre Ranches nach den Brandzeichen."

"Die Indianer tun das?"

"Die Indianer? Nein, die Ranchbesitzer." Toms Stimme

war so unbewegt wie immer.

Der Pick-up holperte über das steinharte Gelände auf eine Ansammlung heruntergekommener Gebäude zu. Das Gelände schien menschenleer, umso verwunderlicher war es, dass auf weitläufigen Weiden Pferde und Rinder herumstanden. Beim Näherkommen sah Valerie, dass das Dach eines der Häuser halb eingefallen war und die Fensterscheiben eingeschlagen.

"Was ist das, eine Geisterranch?" In einer Talsenke lagen drei halb verrostete Pickups und ein Traktor, von dem nur noch das Gerippe übriggeblieben war. Eines der Autos war so alt, dass es es in einem Gangsterfilm aus den Vierziger Jahren hätte mitspielen können. Um die baufälligen Baracken herum lagen Berge von Müll.

"Was tun wir hier?", fragte Valerie. Ein Gefühl von Verzweiflung befiel sie, nicht wegen der verwahrlosten Gebäude, sondern wegen der Tiere. Sie hatte Angst, dass sie nicht genügend zu fressen und zu trinken bekamen. Warum antwortete Tom nicht auf ihre Frage?

Er hielt vor einem der Häuser an, drehte den Motor ab und öffnete die Tür. Valerie wollte nicht aussteigen. Tom lief auf das Hauptgebäude zu und verschwand hinter einer Tür mit Fliegengitter. Er hatte sich nicht einmal zu ihr umgedreht, geschweige denn eine Erklärung hinterlassen, worum es hier ging. Es machte sie nervös, dass er so gar keine Verbindlichkeit besaß. Er war cool, er besaß diese unerschütterliche Ruhe, aber er war alles andere als wohlerzogen. Sie beschloss, ihm zu folgen, was sollte sie sonst tun?

Ein Radio plärrte, im Halbdunkel sah sie eine Gruppe finster dreinblickender Männer um einen Tisch herum sitzen und eine blonde, ungefähr vierzigjährige Frau, aufdringlich geschminkt, in einem hellblauen Jogginganzug, der ihren beeindruckenden Körperumfang kaum unvorteilhafter zur Geltung hätte bringen können. Sie begrüßten

Tom, als würde er jeden Tag hier vorbeikommen. Niemand nahm von Valerie Notiz. *Den Stamm*, der auf sie *wartete*, hatte Valerie sich jedenfalls anders vorgestellt. Aber vielleicht war dies ja auch nur das Empfangskomitee, das ihre ehrlichen Absichten überprüfen sollte. Valerie setzte sich auf einen freien Stuhl, abseits der Gruppe. Tom öffnete eine Dose Bier und bot sie Valerie an. Es schüttelte sie innerlich. Ich dachte, ich bin auf dem Weg zu den heiligen Pforten der Wahrnehmung. Bier war das Allerletzte, das indianische Heiligkeit in ihr wecken konnte. Irgendetwas schien hier schiefzulaufen. Offensichtlich hatten sie und Tom sich falsch verstanden.

Er saß dort unter seinen zwielichtigen Kumpanen und schien alles für vollkommen normal zu halten.

"Ist das die Ranch, auf der wir die ganze Woche verbringen werden?", fragte Valerie.

"Ich weiß nicht."

Wenigstens hatte er ihr geantwortet. Ehrlich war die Antwort wohl auch gewesen.

Die Blonde fing an, von einer Reise nach Dubai zu erzählen. Von allen Orten dieser Welt: Dubai. Valerie versuchte sich vorzustellen, wie es wäre, nach Dubai zu fliegen und im Fahrstuhl des teuersten Hotels der Welt eine Lady mit ihrem Kleidungsstil zu treffen. Anscheinend war sie mit einer Delegation Indianer dort gewesen, die irgendwelche arabischen Freunde hatten. Es ging um Pferdezucht, Kamele und Falken. Toms Freunde waren zugegeben exotische Menschen, denen man in Schlattstall nicht so leicht über den Weg lief, aber sicher nicht diejenigen, die ihr über die Trauer um ihre verstorbene Tochter hinweghelfen konnten. Ein Gefühl von Ohnmacht befiel Valerie wie in der Anfangszeit von Miriams Tod, und es kam ihr vor, als wäre sie zum Ausgangspunkt zurückgekehrt.

Jemand fing an, auf einem überdimensionalen Grill,

Hamburger zu braten. Hinter dem schmucklosen Gemeinschaftraum, in dem sie sich befanden, entdeckte Valerie einen Vorratsraum, in dem Lebensmittel gelagert waren. Die blonde Frau kippte aus einem Eimer Krautsalat in eine Schüssel. Valerie begriff nicht, warum diese Menschen sich hier versammelt hatten und warum Tom sie hierher gebracht hatte. Sie setzte sich in eine Ecke, aß einen Hamburger mit Unmengen Barbecuesoße, die ihr bald schwer im Magen lag.

Es wurde dunkel. Müdigkeit überfiel sie. Wo würden sie übernachten? War die Frage wichtig? War irgendetwas wichtig? Ob sie lebte oder tot war? Völlig belanglos. Die Welt würde, nach Miriams Tod, für den Rest ihres Lebens ein fremder Ort für sie sein, egal, wo und mit wem sie sich aufhielt. Da kam es auf diese heruntergekommene Ranch auch nicht mehr an.

"Hi!"

Valerie zuckte aus ihren schläfrigen Gedanken hoch.

"Wie geht es dir?", erwiderte sie auf Englisch. Die Blonde stand vor ihr mit einer Bierdose und einer Alkoholfahne, die einen Brand hätte entzünden können.

"Wir gehen jetzt schlafen", sagte sie. "Wo willst du schlafen?"

"Ich schlafe in diesem Stuhl", erwiderte Valerie. Sie hatte keine Lust, der Blonden irgendwohin zu folgen, wo womöglich eine Matratze wartete, die noch angeschlagener war als das eingefallene Dach des Hauses.

"Okay", erwiderte die Blonde ungerührt.

"Trotzdem vielen Dank", sagte Valerie. "Thank you, anyway." Wahrscheinlich hatte sie gerade einen Gipfel der hier üblichen Zuvorkommenheit erlebt. Valerie suchte die Gesichter der Männer ab, die sich erhoben hatten, aber Tom war nicht unter ihnen. Sie folgte den Männern nach draußen. Toms Pickup war verschwunden. Wie hatte ihr bloß entgehen können, dass Tom verschwunden war? Panik machte sich in ihr breit, als ihr bewusst wurde bewusst, dass sie ganz allein unter diesen merkwürdigen Menschen zurückgelassen worden war. Evi hatte recht gehabt, sie war in keiner Weise innerlich vorbereitet für dieses Abenteuer.

Es war kalt, wenn auch nicht so kalt wie in Deutschland. Sie würde die ganze Nacht frieren, denn das Haus war nicht beheizt. Valerie kehrte so schnell wie möglich in den Raum zurück, um sich ihre Körperwärme zu erhalten.

Vor dem Fenster flackerte das einzige funktionierende Licht auf dem Gelände – und hielt sie vom Schlafen ab. Ihre Müdigkeit war einer quälenden Wachheit gewichen, die von ihrem Überlebensinstinkt aufrecht erhalten wurde. Ich kann nicht schlafen, denn womöglich kommt ein Bär hereinspaziert, um sich über die Lebensmittel herzumachen, dachte sie. Valerie hängte eine Plastikfolie, die sie in dem Vorratsraum fand, vor das zersplitterte Fenster, um die Kälte abzuhalten.

Die elektronische Uhr im Kühlschrank zeigte Viertel nach Drei. Die ungefähr dreiundfünfzigste Welle riesiger Verzweiflung rollte heran. Sie würde es nie schaffen, vierzig, fünfzig oder sechzig Jahre alt zu werden mit dem Gedanken, dass sie ihre Tochter verloren hatte. Die Wunde würde nie heilen. Das stand fest, das war absolut unerschütterlich.

Valerie trat aus der Tür hinaus in die Nacht. Auf den Weiden erkannte sie die Silhouetten der Pferde und, zu ihrer eigenen Verwunderung, empfand sie bei ihrem Anblick ein Gefühl von Trost. Sie erkannte einen schwarz-weißen Schecken unter ihnen. *O my god* ... Der Schecke drehte ihr den Kopf zu. Das Pferd setzte sich in Gang und kam mit schlurfenden Schritten auf sie zugelaufen, ein zähes, kräftiges Tier, das seine Energie nicht verschwendete. Es schnupperte an ihr und schubste sie mit der Nase, hob den

Kopf und verlangte unter dem Kinn gekrault zu werden. Valerie fuhr mit ihren Fingernägeln auf seinem borstigen Fell entlang und fügte sich seinen Anweisungen. Wie merkwürdig es war, dass sie auf einer unbekannten Ranch mitten im Nichts einem unbekannten Pferd das Kinn kratzte und dass sie darin Trost fand. Das Kinn eines Pferdes. Ihre Augen füllten sich mit Tränen. Wie verrückt, dass ein Pferd sie zum Weinen bringen konnte. Valerie dachte daran, dass Gitanes sie schon öfters zum Weinen gebracht hatte, und dass seither das Jucken in den Augen, unter dem sie so lange gelitten hatte, fast verschwunden war. Etwas Wichtiges, was meine Augen nicht sehen wollten ... und was haben sie gesehen? Ein Pferd?

Nachdem er genügend gekratzt worden, drehte der Schecke den Kopf in Richtung der Hügel, von denen die Ranch umgeben war, die meisten von ihnen kahl, aber einige waren mit hüfthohem Gestrüpp bewachsen. Valerie folgte seinem Blick und sah auf der Anhöhe eine Gestalt sitzen. Ihre Silhouette verschmolz mit den Linien der Landschaft und hob sich doch ab, wie ein Ornament. Der zierlichen Linienführung nach schien es eine Frau zu sein, die dort mit untergefalteten Beinen saß. Eine merkwürdige Stille ging von ihr aus, die auch über die Entfernung spürbar war. Das Pferd zuckte zusammen. Es hatte gemerkt, dass Valerie sich abgewendet hatte. Der Schecke hob den Kopf und stieß einen lauten Schrei aus, der von den Hängen als Echo zurückgeworfen wurde. Stille. Dann ein zweiter Schrei. Und eine Antwort. Sie kam aus der Richtung des Hügels, auf dem die Frau saß. Ein dritter Schrei, eine Antwort aus mehreren Pferdekehlen. Das Getrappel von Hufen, ein unheimliches Geräusch, hart und trocken, erst leise, dann lauter. Die dichte Wolkendecke gab eine Öffnung preis und der volle Mond tauchte dahinter auf, sein Licht umgab die sitzende Gestalt mit einem milchigen Schimmer. Valerie blieb schier das

Herz stehen. Eine Pferdeherde, in vollem Galopp, stürmte den Hang hinter der sitzenden Frau hinunter und wieder hinauf. Die Köpfe der Pferde tauchten hinter ihrem Rücken auf und schienen kurz davor, sie zu überrennen. Valerie schrie. Aber die Gestalt rührte sich nicht.

Der Schrei explodierte in Valeries Kehle, sie rannte los, auf die Gestalt zu, um sie aufzurütteln, aber es war viel zu spät. Das erste Pferd erschien in voller Größe hinter der Frau, machte einen Bogen um sie und galoppierte den Hang hinunter zu dem Schecken. Die anderen Pferde folgten.

Die Pferde versammelten sich in Valeries Rücken und ein Energieschub floss durch ihre Glieder wie ein elektrisierender Strom. Sie überließ dem Schecken seine Gespielen und machte sich auf den Weg zu der Fremden, von der eine unerklärliche Anziehung ausging. Die Erleichterung, als Valerie merkte, dass der Frau nichts passiert war, war unbeschreiblich.

13

Ihr Gesicht war von einer Fellkapuze umhüllt, darunter leuchteten zwei dunkle Augen hervor, die sich wie schwarze Kristalle von ihrer weißen Haut abhoben. Sie war keine Indianerin und schien auch keiner anderen definierbaren Ethnie anzugehören. Die Proportionen ihres Gesichts erinnerten an eine chinesische Jadepuppe, aber die Lippen und die Nase waren europäisch. Ihr Alter – schwer zu sagen.

"Ich bin Valerie."

"Mein Name ist Salik", antwortete die Fremde und lächelte.

"Valerie Rosenstein."

"Salik Noor."

"Was bedeutet dein Name?", fragte Salik.

"Rosen und Stein." Valerie übersetzte. "Was bedeutet dein Name?"

"Salik ist arabisch und bedeutet Freiheit. Noor, mein Nachname, ist auch arabisch und bedeutet Licht."

"Salik Noor."

Saliks Hände steckten in Handschuhen, aber sie reichte Valerie dennoch die Hand. "Willkommen."

"Warum bist du hier?", fragte Valerie.

"Aus dem gleichen Grund wie du."

"Wurdest du auch ... gerufen?", fragte Valerie, unsicher, ob sie zu weit gegangen war.

"Ja", erwiderte Salik.

Valerie, die bisher in der Hocke, auf Zehenspitzen, balanciert hatte, ließ sich neben Salik auf dem Felsplateau nieder. Das Mondlicht erhellte immer noch das Tal und Valerie fühlte sich wie von einem Lichtmantel umgeben. Sie mochte Salik auf Anhieb. Ihr war, als würde Salik nach Pfirsichen riechen, obwohl es in dieser Gegend bestimmt keine Pfirsiche gab. Die ganze Umgebung schien durch Saliks Gegenwart einen anderen Charakter anzunehmen. Als zeigten die Hügel und Berge, das Tal und die Tiere erst jetzt ihre wahre Natur. Es lag Valerie auf der Zunge etwas zu sagen, aber sobald sie den Mund öffnen wollte, verflüchtigten sich die Worte, sie vergaß, was sie hatte sagen wollen und die vergessenen Worte machten einer tieferen Wahrnehmung Platz. Ohne es zu wollen, versank Valerie in Saliks Welt, die alles mit einem milden, zärtlichen Licht erfüllte.

Valerie wusste nicht, wie lange sie dort gesessen hatte, aber sie merkte, dass die Nacht zu Ende ging, daran, dass es langsam heller wurde. Eine rote Wand aus Licht stieg hinter dem Bergrücken empor.

"Siehst du sie?" Salik zeigte mit dem Finger auf die Bergkuppe.

"Unglaublich!", entfuhr es Valerie. Im Fels zeichnete sich die Gestalt einer schlafenden Frau ab. Es war dieselbe, die Valerie bei ihrer Recherche im Internet entdeckt hatte.

Wright Peak.

"Die Medizinfrau", sagte Salik.

"Die Medizinfrau."

"Das hier ist ihr heiliges Land. Früher haben die Apache-Indianer hier gelebt."

Salik drehte den Kopf zu ihr und ihr pechschwarzer Blick traf Valerie. Valerie scharrte mit dem Schuh im Staub. Sie griff nach einem herumliegenden Stein und malte gedankenlos Kreise auf den Boden vor ihren Füßen, als wolle sie mit der Bewegung etwas aus der Tiefe ihrer Erinnerung hervorlocken.

"Du bist Teil des *Stammes*", sagte Valerie.

"Ich und sieben andere Männer und Frauen", erwiderte Salik.

"Tom gehört dazu."

Salik nickte.

"Wer sind die anderen?"

"Du bist ihnen gestern Nachmittag begegnet."

"Diese, Entschuldigung, verwahrlosten Gestalten?"

"Verurteile sie nicht. Sie sind die Nachkommen eines großen Volkes."

Valerie seufzte. "Weißt du, wohin Tom verschwunden ist?"

"Er besorgt noch ein paar Sachen, die wir für die Zeremonie brauchen."

"Ich habe mich heute Nachmittag sehr verloren gefühlt", sagte Valerie.

"Du wirst es verstehen."

"Ich habe meine Tochter verloren ... Miriam. Sie wurde von einem Pferd getötet." Valerie merkte, wie sich ihre Brust zusammenzog und beim nächsten Atemzug ergoss sich eine Woge von brennendem Schmerz in ihrem Körper.

"Ich schaffe es einfach nicht, mit diesem Schmerz zu leben."

"Du kannst deine Kraft wiederfinden."

"Ich bin kein spiritueller Mensch wie du."

"Jeder Mensch hat eine Seele, glaubst du das nicht?"

"Doch, natürlich." Valerie seufzte. Sie sah, wie das gescheckte Pferd sich auf den Weg zu ihnen machte.

Salik lachte. "Sein Name ist Seth."

"Ist das nicht der Name eines ägyptischen Gottes?"

"Ein Wüstengott, der Stürme und Unwetter hervorruft und mit den Mächten des Chaos in Verbindung steht."

"Warum habt ihr, ich meine ... *der Stamm*, mich gerufen. Oder warum nennt ihr euch überhaupt *Stamm* – und warum gehöre ich dazu?"

"Wir brauchen dich."

"Wozu?"

"Du weißt es nicht?"

"Nein." Wieder stieg dieses eigenartig fremde und zugleich vertraute Gefühl in Valerie empor, das sie in Saliks Gegenwart empfand.

Der Schecke, Seth, stapfte den Hügel hinauf und blieb vor ihnen stehen.

"Es gibt Dinge, auf die nur die Pferde eine Antwort kennen", sagte Salik und lächelte vergnügt.

In jäher Erkenntnis presste Valerie ihre Hand vor den Mund. "Ich habe seit mindestens zwanzig Jahren nicht mehr daran gedacht. Keine Ahnung, warum mir das jetzt gerade einfällt." Sie schüttelte den Kopf in Unglauben. "Als ich sechs Jahre alt war, bin ich in einen Fluss gefallen. Wir sind auf einen hohen Baum geklettert, ein Ast hing in den Fluss, ... ich bin abgerutscht. Ich konnte nicht schwimmen und der Fluss riss mich mit sich fort. Da waren Strudel, ich wurde unter Wasser gedrückt. Ich konnte nichts machen, die Strömung war zu stark. Ich dachte, ich würde sterben. Ich habe sehr lange nicht mehr daran gedacht, aber jetzt wird mir klar, als dieser Anruf aus dem Reitstall kam und diese Frau sagte, Miriam ... das war dasselbe Gefühl, ein Gefühl, als müsste ich sterben."

"Du hast überlebt."

Valerie umklammerte ihre Knie mit den Armen, weil ihr Körper heftig zu zittern begann. "Damals, in dem Fluss. Da war dieses Licht, es zog mich magisch an. Ich folgte ihm und ..." Wieder presste Valerie eine Hand vor ihren Mund. "Das ist ... nein! ..." Sie konnte nicht weitersprechen. "Ich habe damals einen Mann gesehen, einen Indianer mit diesen Federn, wie sie in den Büchern abgebildet sind, große, bunte Federn um seinen ganzen Kopf. Sein Gewand war aus allen Farben des Regenbogens zusammengesetzt. Es war, als könne er zaubern. Er war gekommen, um mir das Leben zu retten." Die Erinnerung war jetzt wieder da. Den Indianer zu sehen, weckte ein Gefühl von tiefem Frieden in ihr. "Er hat mir gezeigt, dass ich stärker bin als ich glaube. Plötzlich hatte ich eine unglaubliche Kraft. Ich kam an die Oberfläche. Und da war ein Ast, an dem hielt ich mich fest. Meine Freunde kamen und haben mich aus dem Wasser gezogen. Ich lag da mit nassen Kleidern und ich war total glücklich. Sie konnten es nicht verstehen. Sie haben mich nach Hause gebracht und der Indianer war die ganze Zeit bei mir. Ich habe mich bei ihm bedankt dafür, dass er mir das Leben gerettet hat." Wieder presste Valerie die Hand vor den Mund, ein Sturzbach aus Tränen schoss aus ihren Augen und es dauerte, bis sie ihre Stimme wiedergefunden hatte. "Ich habe ihn gefragt, ob ich etwas für ihn tun kann, zum Dank."

Valerie öffnete die Augen. Das Pferd stand neben ihr und blickte über ihre Schulter hinweg in die Ferne. Sie sah, dass Salik ihr aufmerksam zuhörte. "Ich glaube, ich beginne etwas zu verstehen."

"Wir brauchen dich", sagte Salik. "Du bist der Schlüssel, ohne dich können wir die Zeremonie nicht begehen."

"Aber woher wisst ihr von mir? Ich wohne auf der anderen Seite des Planeten."

"Frag die Pferde."

Valerie schaute zu dem Schecken auf, der mit verträumtem Blick dastand und einer angenehmen Vorstellung nachzuhängen schien. Sie dachte an Gitanes und vermisste ihn. Der rote Streifen am Horizont dehnte sich weit über den Himmel aus und tauchte die Gestalt der liegenden Medizinfrau wie in Feuer.

Valerie schloss die Augen, um die weit zurückliegende Erinnerung festzuhalten, auch wenn sie jetzt keine Angst mehr hatte, sie zu verlieren.

"Damals, als ich den Indianer gefragt habe, wie ich mich bedanken könne, habe ich Bilder einer Landschaft gesehen. Ein steiniges Tal in einer wüstenartigen Gegend, ganz ähnlich wie die Landschaft hier. Der Faltenwurf der Hänge war in diesem Tal jedoch anders, feiner gemeißelt, wie von einem meisterhaften Künstler geschaffen. Ein einzelner Baum stand in der Mitte des Tals und in seinem Schatten lag eine zusammengerollte Schlange. Auf der linken Seite, in die Felswand eingelassen, lag eine Höhle und ich habe gesehen, wie der Indianer auf sie zuging. Er sagte: *Hier wohnt das Licht.* Dann verschwand er in der Höhle." Valerie seufzte tief. "Ist es nicht verrückt, dass ich mich so genau erinnere, obwohl ich erst sechs Jahre alt war?"

"Es ist faszinierend, unser Gedächtnis", sagte Salik und wieder spielte dieses geheimnisvolle Lächeln um ihre Lippen.

"Der Ort, an dem das Licht wohnt. Meinst du, dass er sich hier in der Gegend befindet?", fragte Valerie und wollte ihren eigenen Worten nicht recht trauen.

"Vielleicht. Unsere Brüder und Schwestern suchen ihn schon lange."

Valerie dachte, dass sie sich in einer Welt jenseits all dessen bewegte, was sie gekannt und was sie geglaubt hatte. Aber hier, mit Salik, machte alles Sinn. Nur so machte es Sinn. Und welche Rolle spielte es, wenn all diese Dinge bei normalem Licht betrachtet verrückt waren, sie empfand Trost und ein Gefühl von Angekommensein, auch wenn dieses Zuhause der fremdeste Ort war, den sie sich nur vorstellen konnte.

"Wenn ich also zusammenfassen darf", fuhr sie nüchtern fort. "Dieser Indianer ..."

"Häuptling Schwarzer Falke".

Valerie lachte. "Häuptling Schwarzer Falke? Du kennst ihn?"

"Er war Toms Urgroßvater ... und auch mein Urgroßvater ... und der Urgroßvater der anderen Brüder und Schwestern."

"Aber doch nicht mein Urgroßvater ..."

"Weißt du es?"

"Hundertprozentig sicher bin ich natürlich nicht ... Ich dachte immer, ich würde von zehn Generationen deutscher Viehhändler und Advokaten abstammen ..."

Immer wieder wurde Valerie von zartem Schauder erfasst, während ihr Gehirn versuchte, all die neuen Informationen zu verarbeiten.

Valerie seufzte. "Dann habt ihr also auf mich gewartet, weil ihr hofft, dass ich euch helfe, den Ort zu finden, an dem das Licht wohnt."

"Wir helfen uns gegenseitig. Ist es nicht so?"

Ja, dachte Valerie. "Das hoffe ich."

"Gut", sagte Salik. "Bist du nun bereit?"

Valerie nickte.

14

Toms Pick-up klapperte auf den Hof und zwei der Männer liefen ihm entgegen.

Valerie begrüßte Tom, der ihr freundlich zunickte, ohne ihr eine Erklärung zu geben, wo er die ganze Nacht gewesen war. Aber schließlich war er ihr keine Erklärung schuldig. Valerie und Salik folgten Tom in das Haupthaus. Dort saßen die Blonde und zwei Indianerinnen. Valerie wusste nicht, warum diese Menschen, die sie gestern noch wie Luft behandelt hatten, plötzlich aufstanden und sie begrüßten. Hatte Salik ihnen ein Zeichen gegeben? Oder merkten diese Leute auf telepathischem Weg, dass sie offener geworden war? Inzwischen hielt Valerie so ziemlich alles für möglich. Sie war übernächtigt und ihr Verstand funktionierte nur noch im Notfallmodus. An seiner Stellte hatte sich ein leichter Wahnsinn ausgebreitet, der sich nach Lust und Laune austobte. Vorhersehung, Telepathie, Bedeutungsketten, die dreißig Jahre zurückreichten, alles war möglich. Namen, Orte, Handlungen, alles besaß scheinbar einen zweiten Sinn. Ein Pferd namens Seth betätigte sich als Bote des Chaos und eine Frau namens Salik Noor, die Freiheit des Lichts, war zusammen mit dem restlichen Haufen eine Urenkelin des toten Indianerhäuptlings Schwarzer Adler, der ihr, Valerie, als Sechsjähriger in Habichtswald bei Kassel das Leben gerettet hatte.

"Mein Name ist Donna. Willst du einen Kaffee?" Die Blonde drückte ihr eine Porzellantasse mit abgebrochenem Henkel in die Hand. Es machte Valerie nervös, dass es an diesem Ort nichts zu geben schien, was unbeschädigt war.

"Hi, ich bin Karma", sagte eine der Indianerinnen. "Wundere dich nicht über meinen Namen, mein Vater war ein Hippie." Karma mochte circa dreißig Jahr alt sein. Ihre beinahe lidlosen Augen saßen wie dunkle Knöpfe auf ihrer rotbraunen Haut und hatten den starren, weiten Blick einer Eule. Karma lächelte knapp und Valerie sah, dass einer ihrer Vorderzähne abgebrochen war. Darüberhinaus wirkte sie lieb, weich, und nachgiebig, und weckte Valeries Beschützerinstinkt. Merkwürdig förmlich kam die andere Indianerin auf Valerie zu.

"Ich bin Lauren Moose." Sie reichte Valerie die Hand mit gesenktem Blick. Lauren war vielleicht vierzig Jahre alt, schwer zu sagen, bei ihrem Übergewicht. Ihre schwarzen Haare hingen ihr in Strähnen ins Gesicht, über ihre linke Wange zog sich eine Narbe. Sie trug Jeans und Cowboystiefel und einen wattierten rosa Anorak. Sie wirkte scheu und ein wenig eingefroren, aber bei näherem Hinsehen bemerkte Valerie eine unterschwellige Nervosität. Irritiert ließ Valerie Laurens Hand los.

Inzwischen hatten die beiden anderen Indianer den Raum betreten. Der kleinere und ältere unter ihnen hob die Hand. "Chuck" sagte er und grinste. "Ich bin der Wrangler." Er sagte es mit einem halb stolzen, halb ironischen Unterton. Wrangler, das war sogar bis zu Valerie durchgedrungen, war nicht der Erfinder der Jeans, sondern die Bezeichnung für den Mann, der für die Pferde zuständig war.

"Das ist mein Sohn Alfred", fuhr Chuck fort. "Sie haben Alfreds in Deutschland, nicht wahr?" Er lachte. Sein Lachen wirkte gesund und frisch, von Wind und Wetter mit Sauerstoff versorgt. Valerie fühlte sich gleich ein Stück wohler angesichts des bodenständigen und praktischen Chuck und seines scheinbar ebenso realitätsorientierten Sohnes Alfred. Beide Männer hatten vollindianische Physiognomien, dunkle Haut, lidlose schwarze Augen, breite Nasen, volle rotbraune Lippen und hohe Wangenknochen – und sie sahen nach Arbeit aus.

"Hast du Derek schon kennengelernt?", fragte Chuck und sein Blick fiel an das Ende des Tisches, wo ein breitschultriger Mann wie ein unbeweglicher Klotz saß und Spiegeleier verschlang, als wäre es das Letzte, das er vor seiner Hinrichtung zu essen bekam.

"Hi, Derek", sagte Valerie.

Derek reagierte nicht.

"Er ist nicht so gesprächig", sagte Chuck.

"Lebt ihr alle hier auf der Ranch?"

"Ich und Alfred sehen nach dem Rechten. Die Ranch gehört einem Immobilienmakler, der sie seit Jahren zu verkaufen versucht. Aber hier stehen jede Menge Ranches zum Verkauf."

"Dann seid ihr alle nur zu diesem *Anlass* zusammengekommen?" Valerie versuchte das Terrain zu abzustecken.

"Nunja." Chuck schien um Worte verlegen zu sein.

"Ist auch nicht so wichtig", sagte Valerie.

"Willst du was frühstücken?", fragte Chuck, scheinbar ein Ausbund an Zuvorkommenheit.

"Lieber wäre mir ein Bett. Ich bin so müde, dass ich kaum aufrecht stehen kann. Die letzte Nacht habe ich kaum ein Auge zugemacht."

"Ich glaube nicht, dass das möglich ist", sagte Salik. Valerie hatte es geahnt. Es hätte sie auch gewundert, wenn sie an diesem Ort Gnade, Trost oder irgendeine andere Form von Mitmenschlichkeit gefunden hätte.

"Was ist der Plan?", fragte sie nüchtern.

"Heute Nacht ist Vollmond. Es muss heute geschehen."

"Was?" Valerie machte sich auf alles gefasst.

Niemand antwortete. Es hätte Valerie auch gewundert. Häuptling Schwarzer Adler aus dem Jenseits wäre leichter zu einer Antwort zu bewegen gewesen. Hinter genau diesem Schweigen schien sich jedoch auch eine geheimnisvolle Verschworenheit unter den Anwesenden zu verbergen.

"Das bedeutet ...", führte Valerie Saliks Gedanken laut fort.

"Wir werden so bald wie möglich losreiten", beendete Salik den Satz.

"Ich bin erst einmal in meinem Leben geritten", sagte Valerie und eine Woge der Panik zog sich über ihr zusammen, die aber am Strand ihrer bleischweren Müdigkeit verebbte.

"Wenn du auf einem Stuhl sitzen kannst, kannst du auch auf einem Pferd sitzen", sagte Chuck und der Spiegeleiermann lachte genüsslich in sich hinein.

"Danke", erwiderte Valerie.

"Du wirst okay sein", sagte Salik mit derselben Gewissheit, mit der sie gestern sitzengeblieben war, als die Pferdeherde an ihr vorbeigaloppiert war.

"Es ist ohnehin alles vorherbestimmt", sagte Valerie und konnte sich ein irres Lachen nicht verkneifen. Die anderen schien das nicht weiter zu kümmern. Was für eine Gesellschaft.

"Die Götter sind Bastards", sagte Donna.

"Die Spirits sind hungrig", sagte Lauren.

"Unter diesen Umständen würde ich dir ein kräftiges Frühstück empfehlen", sagte Chuck zu Valerie. Unerwartet zuvorkommend, pellte Lauren einen Pappteller von einem Stapel, belud ihn mit Eiern, ungetoastetem Toastbrot, eingelegten Gurkenscheiben und einem Berg Ketchup, der alles wie ein geplatzter Blutspendebeutel unter sich begrub.

Tom hievte einen Westernsattel auf Seths kräftigen

Rücken und fädelte den Gurt ein. "Du hältst dich wacker", sagte Tom zu Valerie, während er den Gurt anzog und Seth einen Seufzer fahren ließ. "Ich bewundere deinen Mut."

"Mut ist übertrieben. Ich nenne es Müdigkeit. Jetlag, eine schlaflose Nacht und vollkommene Hoffnungslosigkeit, dass ich hier lebend herauskomme, aber das ist sowieso nicht wichtig." Valerie grinste schief.

"Genau von dem Mut spreche ich."

Ihre Blicke trafen sich. Ohne Worte. Seth, der tapfere Schecke, schnaubte wohlig. Valerie legte eine Hand auf seinen Hals. "Ich mag ihn", sagte sie. "Er könnte Gitanes' kleiner Bruder sein."

Tom grinste. "Er ist ein taffer Bursche, das wirst du noch sehen."

"Wie lange werden wir unterwegs sein?"

"Ich weiß es nicht", antwortete Tom und Valerie glaubte ihm aufs Wort. Er packte Flaschen mit Wasser, einen Beutel mit Toastbrot, eine Packung Scheibenkäse und Schinken in die Satteltaschen von Valeries Pferd. "Bei dieser Art von Reisen weiß man nie."

Auch die anderen hatten ihre Pferde gesattelt, Alfred, der Sohn des Wranglers, saß auf einem drahtigen schwarzen Pferd, das nur zwei Bewegungsformen zu kennen schien: den vollen Galopp und das Stillstehen. Salik ritt eine rotglänzende Stute mit schlanken Beinen und einem Kopf, so schön, dass man ihn in Bronze hätte gießen sollen. Die beiden passten perfekt zusammen. Chuck ritt ein struppiges, störrisch wirkendes Pferd, das aber sehr überlebensfähig zu sein schien. Die anderen Pferde sahen recht gemütvoll aus.

Ohne dass einer unter ihnen ein Zeichen gegeben hätte, setzte sich der Trupp in Bewegung. Valerie nahm zur Kenntnis, dass bislang niemand die Rolle des Führers übernommen hatte. Wie viel wussten die anderen oder anders gefragt, welche Vorstellung hatten die anderen davon, wohin ihre Reise führen sollte? Valerie hatte das Gefühl, dass ihre Mitreiter nicht viel mehr wussten als sie selbst. Woher nahmen sie das Vertrauen, dass dies alles einen Sinn machte und dass sie ihr Ziel finden würden?

Alfred und der nervöse Schwarze galoppierten unentwegt an den hintereinander hertrottenden Pferden auf und ab, als müssten sie prüfen, ob alles in Ordnung war. Dass die anderen Pferde sich davon nicht anstecken ließen, beeindruckte Valerie, anscheinend besaßen sie eine große Gemütsruhe.

Ihr Ziel, so zumindest vermutete Valerie, war jenes Tal, das Häuptling Schwarze Feder ihr in der Vision vor dreißig Jahren gezeigt hatte. Aber vielleicht lag sie auch vollkommen falsch. Auf alle Fälle schien in der Gruppe kein Diskussionsbedarf zu bestehen, andererseits, wenn sie alle verwandt und Indianer waren, konnten sie, wie Valerie es in diversen Büchern gelesen hatte, vielleicht auch genetisch telepathisch kommunizieren. Aber woher wussten sie, in welcher Richtung das Tal lag? Westen, Osten, Norden, Süden. War es blasphemisch, wenn wenigstens sie, als Nichtindianerin und vernunftgesteuerte Europäerin, gern eine Zielvorstellung gehabt hätte? Der träge Schritt des Schecken sorgte dafür, dass diese und auch weitere Ermächtigungsversuche ihres Verstandes sich in den weißen Schäfchenwolken am hellblauen Himmel verloren.

Sie folgten einem Pfad, der anscheinend häufiger für Ritte oder Wanderungen benutzt wurde, denn er war recht ausgetrampelt. Um halb zehn wurde der Pfad steiler und um elf erreichten sie eine Anhöhe, von der aus der Blick sich in alle Richtungen öffnete. Wunderschön, bizarr, die Felssilhouette, riesige Kakteen, ein Bach, der durch das Tal floss, unbesiedelt, Urzeitflair.

Chuck, der voraus geritten war, blieb mit seinem Pferd stehen und die Gruppe formierte sich zu einem Kreis. Alle Blicke richteten sich auf Valerie.

"Wohin gehen wir?" fragte Chuck in seiner nüchternen Art, die keine Zweideutigkeit zuließ. Er wollte eine Richtungsanweisung.

"Du fragst mich?", fragte Valerie verwundert. Sie stemmte eine Hand auf die Kruppe von Seth und drehte sich erst nach links, dann nach rechts. Es kam ihr in den Sinn, dass sie die einzige nicht Ortskundige unter den Anwesenden war. Warum fragte man ausgerechnet sie? In keiner der vier Himmelsrichtungen war etwas zu entdecken, das ihr zu einer Entscheidung verholfen hätte. Suche nicht im Außen, sondern im Innen, wo hatte sie das gelesen? Aber weder im Innen noch im Außen war eine Antwort zu finden.

"Ich habe keine Ahnung", sagte Valerie schließlich. "Es tut mir leid."

Chuck seufzte. "Nunja", meinte er. "Kein Grund, Trübsal zu blasen."

"Wen kümmert es schon", meinte Derek und ritt gen Osten los. Die anderen schlossen sich ihm an. Valerie konnte sich nicht vorstellen, dass Derek den blassesten Schimmer hatte, was er tat. Aber wen kümmerte es schon?

Seth, der Donnergott, setzte sich ebenfalls in Bewegung.

15

Die Sonne näherte sich dem Zenit und sie hatten den Morgen damit verbracht, mehr oder weniger ziellos in der Gegend herumzureiten. Es war Valeries erster größerer Wanderritt und abgesehen davon, dass niemand wusste, wohin es ging, machte es sogar Spaß. Einen Hang hinauf, eine gigantische Aussicht, ein Tal durchqueren wie Winnetou und Old Shatterhand, ein Adler kreist und sendet Zeichen, die Silberbüchse bereithalten, Manitu anrufen, damit die Schlacht glücklich endet. Eintauchen in einen knorrigen Eichenwald, bis einem die Äste ins Gesicht peitschen, ein Indianer kennt keinen Schmerz, zerschrammt in die Sonne zurückkehren, sich die Sonne auf den Buckel brennen lassen, und sich wünschen, man würde nie zurückkehren in die Welt der Atombomben, Schönheitsoperationen und Hedgefonds.

Wie war die Sonne so schnell an den Horizont gelangt, machte die etwa schon schlapp? He, wie sollen wir denn zurückkommen ohne den Großscheinwerfer? Valerie war zu müde, um über die Frage nachzudenken, wo sie heute übernachten sollte und wie weit der Weg zurück war und ließ sich noch ein Stück tiefer in den Sattel sinken, der schier endlose neue Tiefen zu bieten schien.

Vielleicht werde ich von einem Helikopter aus der Wildnis gerettet werden und in Deutschland in die Schlagzeilen kommen mit *Deutsche, von einer Gruppe entflohener Psychiatrieinsassen gekidnappt in Amerika, dem Land der unbegrenzten Möglichkeiten.* Aufgeschlitzt und ausgeweidet in einem Satansritual. Alle Bewohner von Schlattstall würden denken: Wie blöd kann man sein, jeder Depp weiß, dass man sich auf so etwas nicht einlässt.

Das Tal sah tatsächlich genauso aus, wie sie es vor dreißig Jahren in ihrer Vision gesehen hatte. Das menschliche Erinnerungsvermögen war phänomenal, ohne Zweifel. Jede Faser ihres Körpers vibrierte. Sie kniff die Augen zusammen, aber der Eindruck blieb. Sie kannte diesen Ort. Und zwar gut. Eine verrückte innere Aufregung erfasste sie. Diese Felswände, der einzeln dastehende Baum – und die Höhle. Es war alles genau so wie damals in ihrer Vision.

Salik kam auf ihrer eleganten Fuchsstute angeritten und hielt neben Valerie. Seth war um einiges kleiner als die Stute und Valerie blickte zu Salik hoch. Es benötigte keine Worte, nur einen Blick und ein kaum merkliches Nicken. Der Blick, mit dem Salik antwortete, drückte so etwas aus wie: Du hast es echt drauf.

"Das ist es!", rief Salik den anderen zu.

Valerie war stolz auf ihren wortlosen Austausch, darauf, dass das Tal tatsächlich existierte, und sie fühlte einen Hauch von Indianerblut in ihren Adern fließen, ob es nun genetisch gerechtfertigt war oder nicht.

"Was tun wir jetzt?", fragte Valerie.

"Wir reiten hinunter." Der Weg ins Tal war steinig und die Pferde rutschten auf dem mit Geröll bedeckten Boden aus.

"Ein Apfelbaum", spuckte Derek aus. "Hast du so was schon mal gesehen? In der Wüste?" Auch die anderen staunten.

Sie stiegen von ihren Pferden. Chuck und Alfred übernahmen die Herde. Sie packten das mitgebrachte Brot, Käse und Wurst aus und aßen. Sie unterhielten sich über Pferde, darüber, dass die neue Frau des Immobilienmaklers ständig neue Pferde kaufte. "Keine Ahnung, was sie mit ihnen vorhat", sagte Lauren. "Manche Frauen haben einen Schrank voller Schuhe. Sie hat eine Ranch voller Pferde."

"Ich mag die Pferde, die sie bringt."

"Ja, sie hat Geschmack. Ich hoffe nur, sie hat genügend Geld, sie zu ernähren."

Valerie erfuhr, dass das Gras der weitläufigen Weiden nicht ausreichte, dass sie Heu aus Kalifornien importieren mussten, das fast unbezahlbar war.

Lauren arbeitete in einem Andenkenladen in einer Touristenstadt namens Patagonia. Dort erfuhr sie immer den neuesten Klatsch aus der Gegend. Außerdem war sie des Öfteren Gast der lokalen psychiatrischen Klinik. "Der einzige Ort, an dem man normale Menschen trifft", sagte sie. "Ich bin an meine Leidenschaft gekettet", fuhr sie fort.

"Welche Leidenschaft?", wollte Valerie wissen.

"Das Malen." Wie zum Beweis zeichnete sie mit dem Finger eine Figur in den Sand. "Pferde." Die Zeichnung zeigte ein Pferd mit einem ganz eigenen Ausdruck.

"Es ist Easy", rief Karma. Valerie blickte zu dem Braunen hinüber, den Lauren geritten hatte und erkannte ihn tatsächlich in der Zeichnung. "Deswegen hänge ich gern auf der Ranch herum, auch wenn sie der ödeste Ort im ganzen Umkreis ist. Viele Pferde." Sie verwischte das Bild wieder mit den Fingern.

Die Stimmung war so locker wie nie. "Warum bist du in dieser Gruppe, Lauren?"

Lauren zuckte zusammen. Offensichtlich hatte Valeries Frage einen wunden Punkt berührt. Ihre Augen verengten sich, dann wurde ihr Ausdruck traurig. "Vor dreihundert Jahren haben wir in diesem Land gewohnt, frei und unabhängig. Wir waren eins mit den Spirits. Heute reden viele von den Spirits, jeder hat Visionen und ich weiß nicht was. Aber wie kann ein Spirit hierherkommen, so hässlich wie es hier aussieht? Sieh dir meinen Körper an. Glaubst du irgendein Spirit will diesen Körper besuchen? Nein. Ich esse und esse und trinke und trinke, weil ich einen Hunger habe, den kein Essen stillen kann. Die Nahrung, die ich esse, ist keine Nahrung, und das Wasser, das ich trinke ist vergiftet. Es macht mich krank. Niemand kann hier leben und gesund sein und Spirits empfangen. Verstehst du das, deutsche Frau? Ich hoffe, ihr seid nicht so krank."

"Ich weiß nicht ... Bist du heute hier, um einen Spirit – zu treffen?"

Lauren warf stolz den Kopf in den Nacken. "Ich bin hier, um meine Seele nach Hause zu bringen."

"Meine Eltern haben viel Marihuana geraucht", sagte Karma unvermittelt. "Ihr Leben war nicht sehr schön, sie hatten kein Zuhause, sind immer herumgezogen, hatten keinen Job und kein Geld. Aber sie haben etwas Schönes in meiner Seele geschaffen ... Du musst deinen Stamm finden, hat mein Vater immer gesagt. Über eine Internetseite haben wir uns gefunden. Wir sind alle Urenkel von Häuptling Schwarzer Adler. Das ist mein Stamm: Lauren, Salik, Tom, Chuck, Alfred, Derek, Donna und du, deutsche Frau."

"Warum ich?", fragte Valerie.

Karma lächelte: "Frag die Pferde."

"Mein Name ist Valerie."

"Valerie." Karma lächelte zaghaft. "Die Spirits haben uns zusammengeführt, um den Heiligen Kreis zu schließen. Aus diesem Kreis wird eine neue Kraft hervorgehen, die in die Welt ausstrahlen wird." Die zierlich aussehende Frau wirkte plötzlich feurig und stark. "Warum bist du hier, Valerie?"

"Ich habe meine Tochter verloren, Miriam. Sie starb vor sechs Monaten." Valerie hielt inne und krallte die Finger ineinander. "Ich konnte mich nicht verabschieden von ihr."

Karma nickte, als wüsste sie, wovon Valerie sprach.

Derek war die ganze Zeit mit in sich gekehrtem Blick dagesessen. "Ich hasse die Deutschen. Nazis", sagte er. "Sie haben alle vergast, die keine weiße Haut und blaue Augen hatten."

"Bist du in Deutschland gewesen?", fragte Valerie.

"Nein."

Valerie fühlte sich unangenehm berührt.

"Hasst du die Indianer auch, Derek?", fragte Tom süffisant.

"O ja!"

"Und die Chinesen?"

"Bloody Bastards!"

"Und die Amerikaner?"

"Sie sind ein großes Volk."

"Bist du Amerikaner?"

"Ja, das bin ich!"

"Er ist sauer, weil ich die Luft und das Wasser auf amerikanischem Boden beschimpft habe", sagte Lauren. "Ich hasse die weißen Amerikaner!"

Valerie hatte erwartet, dass nun, nachdem sie das Tal gefunden hatten, und schließlich war das doch ein Wunder, irgendeine Art von heiliger Stimmung eintreten würde. Aber sie saßen hier und unterhielten sich auf dem Niveau einer Doku Soap. Allmählich wurde es dunkel, die letzten Sonnenstrahlen verschwanden hinter dem Horizont und eine unangenehme Kühle machte sich breit.

Die Höhle, dachte Valerie, bevor ich heute Nacht den Erfrierungstod sterbe, muss ich wenigstens die Höhle noch gesehen haben.

Als sie versuchte, aufzustehen, zogen ihre Beine sie wie Sandsäcke wieder in die Waagrechte zurück. Dorthin zu laufen, den Hang zu erklimmen? Unmöglich.

Aber alles hing davon ab. Die Frage, ob alles eine Einbil-

dung war, oder ob sie hier tatsächlich das *Licht* finden würde, von dem Häuptling Schwarzer Adler gesprochen hatte.

Alles stimmte, der leichte Vorsprung, ungefähr vier Meter breit, zwei Meter tief, die Höhle kopfhoch, wie der Indianer sie ihr gezeigt hatte. Hier war Schwarze Feder gestanden. Doch die Öffnung im Fels, in die er verschwunden
war, existierte nicht. Die Rückwand der Höhle bestand aus
schweigendem Gestein, zumindest von hier aus gesehen.

Unwiderstehlich zog es Valerie dorthin, sie wischte sich
die Krümel ihres Käsebrotes aus den Mundwinkeln und
schob sich mit letzter Kraft in die Senkrechte.

"Ich komme wieder", sagte sie. Aber nach den ersten
Schritten überfiel sie eine unsägliche Müdigkeit und sie
sank auf dem harten Steinboden nieder. Ich werde nie dort
ankommen, dachte sie. Nie ... Mit dem letzten Sonnenlicht
wich alle Farbe aus der Umgebung und ihr fielen die Augen
zu.

16

So musste es sein, zu sterben: Ein weit gespannter klarer Sternenhimmel, ein unendlicher Raum, von dem sie aufgesogen wurde. Ihr Körper bestand aus unendlich vielen winzigen Teilen, die sich in der Grenzenlosigkeit auflösten. Sie bestand aus Staub. Nur Staub.

Sie erkannte Tom, Donna, Salik, Derek, Chuck, Alfred, Lauren und Karma. Sie bildeten einen Kreis um Valerie, ihre Gesichter vom Mondlicht erhellt. Lauren hatte eine Feder im Haar stecken, weiß-schwarz. Salik war umgeben von einer Lichthülle, Tom hatte das versteinerte Antlitz eines Indianers. Wenn wir sterben, können wir die Essenz aller Wesen sehen, dachte sie. Die Gruppe summte eine leise Melodie. Derek schlug eine Rassel, Donna klatschte in die Hände und wiegte ihren schweren Körper im Rhythmus hin- und her.

Valerie sah, dass sie auf einer Decke lag, zwei Schritte entfernt von dem Apfelbaum.

Der Kreis, den sie bildeten, war erfüllt von einer hingebungsvollen Traurigkeit, die immer größere Brocken von Verzweiflung aus Valeries Seele riss, und sie ins Universum schleuderte. So also fühlte es sich an zu sterben. Ein Wirbel kaleidoskopartiger Bilder zog vorbei, als hätte jemand im Archiv ihrer Erinnerung gerührt. Hatten sie ihr eine Droge verabreicht? Oder war es die pure Erschöpfung? Ihr war, als ob ihre Seele mit Lichtgeschwindigkeit alte Kleider abwarf und neue anzog, um auch diese wieder abzuwerfen. Nur, um zu diesem nackten Kern vorzustoßen, an dem alles zum Stillstand kam. An dem der Tod vollkommen war. Aber vorerst schien kein Ende in Sicht und sie fühlte sich diesem Vorgang wehrlos ausgeliefert.

Während sie das Gefühl hatte, innerlich abzusterben, verspürte sie, in winzigen Augenblicken, einen Drang, ins Leben zurückzukehren, der überraschend groß war. Nur nicht groß genug, um der Macht des Todes etwas entgegensetzen zu können. Sie begann sich mit Händen und Füßen zu wehren, aber es war vergeblich und sie sank in sich zusammen wie ein Säugling und weinte vor Müdigkeit und Erschöpfung.

"Was habt ihr mit mir gemacht?", schrie sie die anderen an, aber erhielt keine Antwort. Der Gesang hatte seine Farbe gewechselt und der Rhythmus der Rassel wurde schneller. Eine Trommel kam dazu, ein Stampfen, Schreie, eine ekstatische Woge baute sich auf und riss sie fort.

Ich bin nicht allein. Diese Erkenntnis kam ihr jäh in den Sinn, sie sprechen mit mir, durch ihre Trommel, ihren Gesang. Sie kennen mich, sie wissen, wer ich bin, vom Grund meiner Seele aus.

Sie wissen jetzt, dass ich die Verantwortung habe für den Tod von Miriam. Ich habe nicht auf sie aufgepasst. Ich habe zugelassen, dass sie dieses mörderische Pferd reitet, Korbas, das sie tot getrampelt hat. Ich habe zugelassen, dass sie diesen entsetzlich schmerzhaften Tod erleiden musste, zertreten vom Huf eines grausamen Tiers. Ich habe sie geboren, nur um sie qualvoll sterben zu lassen, als ihr Leben gerade begann. Ich habe ihre Unschuld mit Füßen getreten, ich habe sie nicht beschützt. Ich habe es nicht verdient weiterzuleben. Wie kann ich leben, wenn sie sterben musste?

Das Trommeln und die Stimmen waren sehr laut geworden, sie überschlugen sich, wie Schreie von ungezähmten Tieren. Ich darf nicht leben. Ich darf nicht leben. Es ist wahr. Es ist das Gesetz. Ich habe getötet und deshalb muss ich sterben. Es ist das Gesetz meiner eigenen Seele. Nachdem Valerie dies erkannt hatte, wurde sie ruhiger. Eine Art Frieden kehrte ein, der Gesang verebbte, bis es beinahe ganz still wurde. Die Zeit floss dahin wie ein mildes Gewässer. Valeries Atem wurde ruhig. Sie sog den Geruch der feuchten Nachtluft ein. Das feine Rasseln der Grillen übertönte das menschliche Summen. Es war wohltuend, die wirkliche Welt wahrzunehmen, nachdem das Leben sie verlassen hatte, ein seltsamer Widerspruch, der zugleich vollkommenen Sinn machte. Ein Gefühl von Dankbarkeit durchströmte Valerie, dafür, dass sie das alles erleben durfte. Sie fühlte sich wie eingeladen von einer großzügigen, zärtlichen Mutter, die für sie sorgte. Ob sie mich retten kann, fragte sie sich. Wohnen in diesen Felsen noch mehr solche Wesen? Waren die Spirits erwacht? Sie hörte Lauren Worte in einer fremden Sprache murmeln und fühlte sich tief getröstet bei der Vorstellung, dass Lauren diese Spirits kannte und mit ihnen sprach.

Noch hatte das Namenlose kein Gesicht. Jetzt fühlte sie ganz deutlich, dass etwas anwesend war. Sie konnte es nicht sehen, aber sie wurde ganz aufgeregt.

"Miriam!"

Valerie richtete sich mit dem Oberkörper auf und blickte in Richtung des Apfelbaums. Da stand das Kind. Sie konnte seine Umrisse vage wahrnehmen, sie vibrierten, mehr Energie als greifbare Form. Eine Zusammenballung aus bläulich-weißem Licht. Und neben ihr das Pferd, Seth, der Gescheckte. Als Valerie näher hinsah, sah sie, dass Miriam eine Schlange in der Hand hielt. Die Schlange, die Valerie in der Vision vor dreißig Jahren gesehen hatte, als sie das erste Mal in diesem Tal gewesen war.

Erst jetzt schien sich die Bedeutung der Schlange zu offenbaren. Schlange der Verwandlung. Warum trug das Kind sie in den Händen?

Als hätte Miriam die Frage verstanden, hob sie die Schlange in die Höhe. Hier, meinte Valerie das Kind sagen zu hören, ich schenke dir das Leben.

Wie kannst du mir das Leben schenken, nachdem du es verloren hast? Für diesen Widerspruch schien Valerie keine Lösung zu finden. Aber Miriam kümmerte es nicht.

Ich schenke dir das Leben, wiederholte sie.

Mir? Ich kann dieses Geschenk nicht annehmen. Ich habe es nicht verdient. Ich habe den Tod verdient.

Es gibt keinen Tod, antwortete das Kind. Wie könnte ich sonst hier sein?

Die Antwort verwirrte Valerie. Wieder hatte sie das Gefühl als würde ihr Ich zerfallen, als würde alles untergehen in dem großen Malstrom, der alles verschlang. Das Kind stand immer noch da, in aller Unschuld. Es war nicht wütend, es verlangte nicht nach Rache. Es wollte kein Opfer.

Valeries Herz war voller Liebe für das Mädchen. Sie fühlte sich so verbunden wie sie sich immer mit Miriam verbunden gefühlt hatte, als wäre nichts geschehen, als wäre sie noch am Leben. Und das Mädchen erwiderte ihre Liebe. Ja, die Liebe war vollkommen zwischen ihnen, wie sie immer gewesen war, die Liebe zwischen einer Mutter und ihrem Kind. Groß und rein, Valerie wurde überwältigt davon.

Du verstehst es immer noch nicht, meinte sie Miriam sagen zu hören. Es klang nicht vorwurfsvoll oder ungeduldig, es klang, als würde sie so lange stehenbleiben, bis Valerie es verstand, als hätte sie alle Zeit der Welt.

Was soll ich verstehen?

Da gab Valerie allen Widerstand auf, gab auch das Fragen auf und ließ sich ganz in diese Liebe hineinfallen. Wie allumfassend sie war. Sie umfasste nicht nur Valerie und Miriam, sondern alle Menschen, Tiere, Pflanzen und auch Steine, die Luft, das Wasser und alles, was war. Valerie schwamm in dieser Liebe wie in einem großen warmen Meer, vergaß alle Schmerzen, alle Trauer, es gab nur dieses eine große Glücksgefühl, diese unendliche, tröstende, glückselige Liebe, von der sie wünschte, sie würde nie vergehen.

17

Miriam und Valerie hatten die Plätze getauscht. Valerie stand jetzt neben dem Apfelbaum, Seth, der Gescheckte neben ihr. Und in der Mitte des Kreises stand Miriam. Als wäre sie, Valerie, nur das Tor gewesen, durch welches das Kind eingetreten war.

Jetzt erkannte sie, dass der Geist des Kindes viel größer war, als sie geahnt hatte. Das Kind war zu den Menschen gekommen, die sich hier versammelt hatten. Valerie staunte über das große Gewebe, das sich über alle ausspannte. Sie sah jetzt die Pferde, die sich näherten, angezogen von der Lichtgestalt. Konnten sie sie ebenso sehen? Sie blieben in der Nähe des Kreises stehen, schnaubten, die Köpfe neugierig angehoben, ihre Ohren spielten.

Das Kind überreichte Tom die Schlange und Valerie begriff, dass er der Anführer war. Er hatte die Gruppe zusammengebracht, er war das Verbindungsglied. Konnte irgendjemand all das sehen? Oder nur sie? Aber das war jetzt nicht wichtig. Karma hob die Hand, um die Aufmerksamkeit des Kindes zu wecken, aber das Kind reagierte nicht. Immer wieder hob die zarte, zerbrechliche Indianerin die Hand, als habe sie Angst, unsichtbar zu bleiben. Warum hatte die Botschafterin kein Erbarmen?

Eines der Pferde, der störrische Wallach, den Chuck geritten hatte, schwankte zu Karma hinüber und stieß sie mit dem Kopf in den Rücken, so dass sie nach vorn stolperte. Sie drehte sich um und sah das Pferd erstaunt an. Es sah aus, als wäre das Pferd gekommen, um ihr deutlich zu machen, dass sie gesehen wurde – von ihm. Jetzt war Karma ruhig. Es schien, als würden die Pferde mit der Botschafterin zusammenarbeiten. Würden alle Anwesenden eine Botschaft erhalten, fragte sich Valerie. So wie sie die Liebe geschenkt bekommen hatte?

Valerie sah sich im Tal um. Sie hatte noch nie an einer derartigen Zeremonie teilgenommen und sie hatte etwas vollkommen anderes erwartet. Sie hatte auch geglaubt, dass sie ganz eingenommen sein würde, wie in einem Traum. Aber ihre Realitätswahrnehmung funktionierte noch. Sie konnte alles klar erkennen, den Baum, das Tal, die Pferde, die Menschen. Nur dass das Tal so etwas wie eine zweite Wirklichkeit hinzugewonnen hatte. Zuvor war es nur ein Gestein gewesen und jetzt besaß es so etwas wie ein Wesen. Es erschien als eine Schale, ein Gefäß oder ein göttlicher Schoß. Valerie war als könne sie den jahrtausendealten Geist der Menschen spüren, die hier gelebt und Zeremonien veranstaltet hatten. Hatte Häuptling Schwarzer Adler hier gelebt? Bestimmt. Er war aus diesem Tal geradewegs zu ihrem Fluss in Habichtswald bei Kassel gekommen und hatte sie gerettet und ihr dabei diesen Ort nahegebracht und auf geheimnisvolle Weise dafür gesorgt, dass sie jetzt aus Fleisch und Blut hier anwesend war und diese Zeremonie erlebte.

Valerie richtete ihre Aufmerksamkeit wieder auf die Gruppe. Miriam, nicht die leibliche Miriam, sondern das Lichtwesen, befand sich immer noch in derselben Position, geisterhaft sichtbar und doch unsichtbar, ihr Blick gen Süden gerichtet. Die Pferde standen in einem Pulk neben dem Menschenkreis, die Köpfe gesenkt, als wären sie ebenso gefangen genommen von der heiligen Atmosphäre. Durch ihre Wachsamkeit schienen die Pferde so etwas wie ein Gefäß zu bilden, ähnlich wie das Tal, eine Macht, die die Menschen umhüllte und schützte.

Lauren seufzte laut und schüttelte sich, als wolle sie etwas Lästiges abwerfen. Dann fiel sie auf die Knie, hielt die Hände vors Gesicht und schüttelte sich wieder und wieder.

Valerie wurde bewusst, dass sie immer noch außerhalb der Gruppe stand, und sie fühlte, dass es Zeit war, wieder ein Teil des Kreises zu werden und zu Laurens Unterstützung da zu sein. Chuck und Alfred öffneten den Kreis und nahmen Valerie auf wie einen Fisch, der sich seinem Schwarm anschließt. Sie fühlte sofort die starke Verbindung in der Gruppe. Lauren hatte am Nachmittag von dem Gift gesprochen, das in der Luft, in der Nahrung und in den Seelen war. Ihre Bewegungen wirkten, als ob sie das Gift abschütteln oder hinausbefördern würde. Auch Valerie wurde sich über das Gift in ihrem Körper bewusst und, angesteckt von Lauren, begann ihr Körper sich ebenfalls zu schütteln als wäre er ein staubiger Teppich. Derek begann, die Arme wild um sich zu werfen und sein Körper zuckte unkontrolliert. Ein wenig wurde Valerie angst und bange, dass er den Verstand verlieren würde. Dann sagte sie sich, dass das Kind ja hier war und sie beschützte. Miriam schien zu wissen, was vor sich ging. Auch die anderen schüttelten sich und stampften und die Energie des Kreises wuchs beträchtlich. Valerie ließ sich mitreißen. Als Gruppe konnten sie mehr Energie schaffen als ein Einzelner das vermocht hätte und die Energie wirkte wie eine große Reinigungskraft, ähnlich einem Wasserfall, der Gift und Schmutz und schmerzhafte Gefühle mit sich fortspülte. Valerie blickte zu den Pferden, um zu sehen, ob sie von den heftigen Bewegungen beunruhigt waren, aber sie standen immer noch regungslos da. Im Gegenteil, sie schienen konzentrierter und aufmerksamer zu sein, als würden auch sie einen Wasserfall über sich niedergehen spüren und eine Reinigung erfahren. Hatten die Tiere dasselbe Vermögen, diese Dinge wahrzunehmen wie die Menschen? Ja, dachte Valerie. Dies schien der Höhepunkt zu sein. Es gab keine Worte für all das, was in den Seelen der Beteiligten geschah. Alles schien ins Gleichgewicht zu kommen, was zuvor durcheinander geraten war, alles schien in einen Zustand perfekter Harmonie überzugehen. Valerie fühlte, dass die einzelnen Individuen in der Gruppe aufgegangen waren, sie waren Teil der Gruppe und trotzdem waren sie noch als Einzelne vorhanden. Zusammen mit den Pferden bildeten die Menschen eine Herde. Dies war eindeutig der Höhepunkt der Zeremonie, der Zweck, zu dem sie zusammengekommen waren.

Derek trat aus der Gruppe heraus und ging auf das Pferd zu, das er geritten hatte, ein dunkelbraunes stämmiges Pferd mit einem tieftraurigen Blick. Es schnupperte an seiner Hand, dann drehte es sich um und lief davon. Valerie spürte die tiefe Traurigkeit, die Derek befiel und fragte sich, warum das Pferd von ihm weglief. Er stolperte dem Pferd hinterdrein. Schließlich blieb er stehen und ging auf die Knie, als bräche er zusammen. Er schien am Tiefpunkt seiner Traurigkeit angekommen zu sein. Das Pferd blieb stehen und drehte sich neugierig um. Dann kam es auf ihn zugetrottet und berührte mit dem Maul Dereks Kopf. Es war sehr bewegend, das anzusehen. Schließlich stand Derek auf, legte dem Pferd die Hand auf den Widerrist und, während das Pferd ihn begleitete, kehrte er in den Kreis zurück.

Als Nächste machte sich Karma, das Hippiemädchen, auf zu den Pferden. Als sie sich näherte, gerieten sie in Bewegung, aber anstatt davonzulaufen, kamen sie auf Karma zu. Karma streckte die Arme nach ihnen aus, um sie sich vom Leib zu halten, aber sie stupsten und drängelten sie. Da sah Valerie, wie das Kind sich zu Karma gesellte, es sah aus, als würde sie ein Licht entzünden in Karma und auf einmal war die junge Frau umgeben von Kraft, die anscheinend auch von den Pferden wahrgenommen wurde, denn sie ließen Karma in Ruhe. Sie sah jetzt stark und in sich ruhend aus, sie vollführte ein paar Luftsprünge aus purer Freude, dann kehrte sie zur Gruppe zurück. Valerie war verblüfft über die Verwandlung, die mit Karma und auch mit Derek vorgegangen war. Der Ausdruck in ihren Gesichtern hatte sich verändert. Sie wirkten ruhig und zufrieden und eine verborgene Schönheit kam zum Vorschein.

Es folgten Donna, Chuck und Alfred. Sie alle erlebten eine Verwandlung, die sie erfrischte und mit Freude erfüllte. Blieben noch Salik und Tom.

Salik bewegte sich unter den Pferden wie eine ätherische Lichtgestalt. Valerie hatte so etwas noch nie gesehen. Die Pferde scharten sich um Salik wie um etwas unendlich Süßes und Berauschendes. Der Ausdruck auf ihren Gesichtern wurde verträumt, beinahe heilig und auch Saliks Erscheinung wurde noch ätherischer, noch zarter und feiner. Sie schien die ganze Erfahrung durch und durch zu genießen.

Allmählich wurden die Amplituden der Energie, die Verwerfungen, Krämpfe, Erhebungen und Erschütterungen in der Gruppe geringer, weil die einzelnen Mitglieder der Gruppe nach und nach in immer mehr Harmonie gekommen waren. Die Zeremonie schien zum Ende zu kommen, sich einem Ruhezustand zu nähern.

Valerie sah, wie Tom sich aus dem Kreis entfernte. Er ging auf das Pferd zu, das er geritten hatte, einen großen braunen Wallach. Etwas Gequältes lag in Toms Zügen, Tom packte ein Büschel der Mähne am Widerrist des Pferdes und schwang sich auf den Rücken des Pferdes. Er bewegte das Pferd zu dem Menschenkreis hin und nahm seinen alten Platz darin ein, nur diesmal oben auf dem Pferderücken.

Valerie begriff nicht, was diese Handlung für einen Sinn hatte. Bis sie sah, dass die Schlange in Miriams Hand sich in eine Art Schwert verwandelte und aus der Hand des Kindes in Toms Hand überging. Er saß dort oben auf dem Pferd mit dem Schwert in der Hand wie der heilige Michael, dachte Valerie und musste an das Bild denken, das im Schlafzimmer ihrer Großmutter gehangen hatte. Im Augenblick, in dem er das Schwert in der Hand hielt, wurde sein Körper zu Licht.

Dies schien das Zeichen zum Aufbruch zu sein, denn das Kind verließ den Kreis und begleitet von Tom, dem Ritter, bewegte sich die Lichtgestalt auf die Höhle zu, in der Valerie damals den Häuptling Schwarzer Adler hatte verschwinden sehen. Und genau so wie Schwarzer Adler damals verschwunden war, verschwand auch das Kind in der Rückwand der Höhle. Das also war das Geheimnis. Die Felswand war das Tor in eine andere Wirklichkeit, aber nur bestimmte Wesen hatten dazu Zugang, zu einem bestimmten Zeitpunkt.

Valerie empfand ein Gefühl von großer Zufriedenheit.

Tom kehrte wieder, stieg vom Pferd und die Gruppe begann wieder zu klatschen und zu singen, diesmal in einem milden, süßen Ton bis ihre Stimmen allmählich verebbten. Tom beendete das Ritual mit Worten in seiner indianischen Sprache. Er verneigte sich in alle vier Himmelsrichtungen und warf in jede Richtung eine Handvoll Wüstenstaub. Alle verneigten sich zur Mitte des Kreises hin, dann löste sich der Kreis auf.

Salik reichte Valerie eine Decke und Valerie wickelte sich ein, legte sich auf den blanken Boden und schlief sofort ein.

18

"Wie viel Uhr ist es?", fragte Valerie verwirrt und schob den Ärmel ihrer Jacke zurück, um auf ihre Armbanduhr zu schauen. Acht.

Valerie sah, dass die anderen ein Feuer gemacht hatten und einen Blechtopf erhitzten.

"Kaffee! ... Mitten in der Wildnis!"

"Auf jeden Fall", erwiderte Lauren.

"Herrje, habe ich bis jetzt geschlafen?", fragte Valerie.

"Ich hoffe, du hast dich erholt."

Sie faltete die Decke zusammen, klopfte den Staub von ihren Jeans und machte sich auf den Weg zum Feuer. Trotz einer Nacht auf dem blanken Steinboden fühlte sie sich erstaunlich fit.

"Morgen, Tom."

"Wie geht's dir?", erwiderte er und reichte ihr eine Blechtasse. "Vorsicht, sie ist heiß."

Valerie zog den Ärmel ihres Pullis über ihre Finger und griff nach der Tasse. "Das tut gut." Sie sah sich um. Die Pferde suchten auf dem felsigen Grund nach vereinzelten Halmen. Chuck und Alfred standen bei ihnen und sorgten dafür, dass sie nicht wegliefen.

Karma, Donna, Salik und Derek wirkten ebenso nüchtern wie Chuck und Alfred, Tom und Lauren. Es schien ein Tag wie jeder andere zu sein und von außen sahen sie wahrscheinlich aus wie eine Gruppe Wanderreiter, die Rast machten.

Die Sonne schien angenehm warm, ein lauer Wind wehte und in Valeries Herz schlummerte ein Geheimnis wie eine magische Knospe. Sie lächelte still in sich hinein.

Am späten Vormittag ritten sie zur *Double T Bar Ranch* zurück, ohne viel zu reden, sie tauschten sich nur hin und wieder über die Richtung aus, die sich aber im Großen und Ganzen am Sonnenstand orientierte. Die Erinnerung an die letzte Nacht schwappte über Valerie hinweg wie Wellen einer Flüssigkeit, die in allen Regenbogenfarben schillerte und sich bis in die letzten Haarwurzeln ergoss. Seth schnaubte vor haltlosem Wohlgefühl.

Den Rest des Tages hingen sie müde und schlapp auf der Ranch herum. Derek briet Hamburger. Lauren klappte sich einen Stuhl am Rand der Koppel auf und zeichnete. Valerie wanderte über die Ranch, begegnete den Pferden und sog ihre Einzigartigkeit in sich auf. Sie stellte erstaunt fest, dass die Pferde sich über ihren Besuch freuten und nicht genug davon bekommen konnten. Dann legte sie sich auf eine verwitterte Bank, schob ihren Anorak unter ihren Kopf und meditierte mit der steinernen Medizinfrau in den Bergen. Sie taufte sie *Pachamama*, weil sie einmal von einer indianischen Göttin mit diesem Namen gehört hatte und weil ihr die Laute gefielen, *patscha* und *mama*, eine Mama, die ihre Patschas hütete. Pachamama goss Weisheit über Valerie aus, als koste es nichts, Valerie fühlte sich an eine aus den Bergen sprudelnde Quelle angeschlossen, deren Plätschern alle Geheimnisse des Daseins beinhalteten. Es fühlte sich immer noch an, wie eine große innere Reinigung und Valerie musste nichts anderes tun als – staunen.

"Alles okay?", fragte Salik, die sich zu ihr gesellt hatte. Valerie nickte. "Ich werde eine Weile brauchen, um das alles zu verarbeiten. Es kommt mir vor wie ein Traum, aber ich weiß, dass es keiner war."

"Wenn du mal zweifelst, schick mir eine E-Mail. Du findest mich im Internet unter meinem Namen."

"Ich habe das Gefühl, dass von dem, was ich einmal war und was meine Welt einmal war, nicht viel übriggeblieben ist."

"Du hast die Dinge gesehen, so wie sie sind."

"Niemand wird mir glauben."

"Ist das wichtig?"

"Nein. Es genügt, dass ich es erlebt habe. Ich bin sehr glücklich und ich danke euch allen."

Valerie hatte noch vier Tage Zeit, bevor ihr Flug zurück ging. Es war schön, so weit entfernt von Zuhause zu sein, keine Verpflichtungen zu haben, zwischen den Welten zu schweben. Obwohl das Nahrungsmittelangebot auf der Ranch nicht gerade berauschend war und das Sofa neben dem röchelnden Kühlschrank der einzige Schlafplatz, genoss sie es, mit Salik, Karma, Lauren, Chuck, Alfred, Donna, Derek und Tom noch ein wenig zusammenzusein, Karten zu spielen, die Pferde zu füttern und mit Salik doppeldeutige Gespräche zu führen über die Welt hinter dem Vorhang. Am dritten Abend lud Valerie die ganze Truppe ins nächst liegende Steakhouse ein und schenkte jedem von ihnen einen Schlüsselanhänger in Gestalt eines Pferdes, den sie in Laurens Souvenirladen gekauft hatte.

"Ihr werdet auf immer meine Brüder und Schwestern sein", sagte Valerie, Pommes kauend und sie stießen mit Biergläsern an, während Jonny Cash *Ring of Fire* sang.

"Hast du ein Pferd?", fragte Chuck Valerie am nächsten Morgen, während sie ihm half, Heu zu verteilen.

"Nein, und ich habe auch nicht vor, eines zu besitzen."

"Jeder sollte ein Pferd haben", sagte Chuck. "Dann wäre die Welt ein besserer Ort."

Valerie sah ihn an, seine vom Wetter rau gewordene Haut, das Leuchten in seinen Augen, seine Standfestigkeit und dachte, dass er recht hatte.

Am Abend des letzten Tages lud Salik Valerie ein, mit auf den Hügel zu kommen, wo sie sich kennengelernt hatten. Sie sahen der Sonne beim Untergehen zu.

"Du bist meine Soulsister", sagte Salik, ein Wort, das man schwer ins Deutsche übersetzen konnte, aber ein schönes Wort.

"Das hier war nur der Anfang", sagte Valerie. "Es kommt mir vor, als wäre aus meiner nicht vorhandenen Zukunft ein Panorama mit aufgehender Sonne geworden."

"Ich bewundere dich", sagte Salik.

"Du mich? Nein, ich bewundere dich. Du kennst das Licht, ich habe gerade mal einen winzigen Schimmer erblickt."

"Meinst du, es ist wichtig, sich zu messen und zu vergleichen?"

Valerie legte den Kopf schief. "Nein." Sie grinste. "Aber ich bin froh, dich getroffen zu haben. Ich kenne niemanden wie dich." Valerie lächelte und sie umarmten sich wie Schwestern.

Am nächsten Morgen brachte Tom Valerie zum Flughafen nach Tucson. Er würde erst ein paar Tage später zurückfliegen, hatte noch etwas zu erledigen, wie er sagte. Was, sagte er nicht.

"Vielen Dank, dass du mich mitgenommen hast, Tom. Diese Reise hat mein Leben verändert, ich fühle mich sehr beschenkt von allen, danke."

Sie umarmte Tom, es war das erste Mal, dass sie ihm körperlich so nahe war, aber es passte, es war nicht aufgesetzt oder gezwungen. Ich liebe dich, hätte sie sagen können, in einem ganz unschuldigen Sinn, aber vielleicht wäre es falsch angekommen. Ich glaube, er merkt es auch so, dachte Valerie und blinzelte ihn an.

"Wir sehen uns", sagte Tom und Valerie winkte, bis sie im Gate verschwunden war.

19

Der Frühling hatte endgültig gesiegt, überall sprießte und grünte es, das Gras auf den Weiden begann zu wachsen und vereinzelte Bäume ragten als Blütenexplosionen aus dem Meer von Grüntönen hervor. Valerie bog in den Hof ein und parkte ihr Auto neben einem weinroten VW Kombi, auf dessen Rückseite die Internetadresse des Versicherungsbüros *Alexander Hausch* aufgeklebt war.

Sie sah sich um, marschierte zwischen dem Stallgebäude und der Miste in Richtung des Reitplatzes. Ein Mann longierte ein großes, dunkelbraunes Pferd, das sie, als sie näherkam, sofort wiedererkannte.

"Hallo."

Die Bewegungen des langbeinigen Mannes hatten einen jugendlichen Charme, sein Gesicht einen Ausdruck, der auf jeden freundlich wirken musste, auch wenn darunter eine gewisse Melancholie mitschwang. Er ging auf das Pferd zu, wickelte dabei die Longierleine auf und entfernte sie vom Halfter des Pferdes. Korbas stand bewegungslos da und blickte in Valeries Richtung.

Als Alexander Hausch näherkam, verstärkte sich dieser melancholische Zug an ihm, war aber nicht unangenehm, sondern, genau wie seine Freundlichkeit, einnehmend, so dass man sich gern in seiner Nähe aufhielt, auch wenn ihm das nicht bewusst zu sein schien.

"Frau Rosenstein." Er reichte ihr die Hand mit einem überraschend kräftigen Händedruck.

"Hallo, Herr Hausch. Vielen Dank, dass Sie Zeit hatten."

"Sie müssen mir nicht danken."

"Ich hätte früher kommen sollen ..."

"Ich verstehe das."

Valerie spürte, dass er nervös war. Bevor sie nach Arizona gereist war, war es für sie unvorstellbar gewesen, dem Besitzer des Pferdes zu begegnen, sich überhaupt mit der Realität rund um Valeries Tod zu befassen, damit, was genau passiert war. Allein der Gedanke daran, hatte eine Panikattacke bei ihr ausgelöst. Sie hatte sich deswegen feige gefühlt, hatte gefühlt, dass sie Miriam ein weiteres Mal im Stich ließ, aber jetzt war sie bereit, die Augen zu öffnen und hinzusehen.

"Es ist nicht ganz einfach ...", sagte Alexander Hausch.

Valerie räusperte sich. Sie hatte erwartet, dass er sich reserviert zeigen würde, schließlich hatte sein Pferd Miriam auf dem Gewissen, aber sein Schmerz schien ebenfalls groß zu sein und er tat nichts, um ihn zu verbergen.

Er lehnte sich mit dem Rücken an die Stange, die den Reitplatz begrenzte und blickte, wie Valerie, in Richtung des Pferdes, das immer noch wie verlassen in der Mitte stand und nicht zu wissen schien, was es wollte oder sollte.

Ein Schweigen breitete sich aus, das Begrüßungsformeln und höfliche Einleitungen überflüssig machte.

"Er ist kein Killer", sagte Alexander Hausch.

Das Wort bohrte sich in Valeries Eingeweide.

"Mein Gott, ich habe ihn aus einem Stall gezogen, wo er monatelang in beinahe vollständiger Dunkelheit stand, abgemagert bis auf die Knochen. Ich konnte nicht mitansehen, wie ... Ich wusste, ich würde nicht die Zeit haben, mich um das Pferd zu kümmern und kaum das Geld. Vielleicht habe ich ihn nicht genügend bewegt. Vielleicht hatte er zu viel überschüssige Energie ..."

"Jetzt fängt das mit der Schuld wieder an", sagte Valerie. "Deswegen bin ich nicht gekommen. Lassen Sie uns nicht darüber sprechen. Es macht keinen Sinn."

Das Pferd näherte sich ein paar Schritte und blieb in drei Meter Entfernung stehen. Korbas war alles andere als eine Schönheit. Seine Rippen zeichneten sich auf seinen Flanken ab, sein Kopf war riesig, seine Augen tränten, sein Hals war lang und dünn, was ihm etwas Giraffenähnliches verlieh. Es war nichts an ihm, das schön war, so wie man es von einem Tier, das in der Vorstellung der Menschen die Schönheit und Anmut selbst verkörperte, erwartete. Und ein Pferd wie ihn, hat Miriam geliebt, dachte Valerie, und wieder war sie beeindruckt vom großen Herz ihrer zwölfjährigen Tochter.

Die Augen des Pferdes blickten so traurig, dass Valerie ihm bei ihrem Anblick am liebsten weinend um den Hals gefallen wäre.

"Ich bin froh, dass ich gekommen bin", sagte sie.

"Er ist eine bemitleidenswerte Kreatur", erwiderte Alexander Hausch. Ich weiß nicht, ob er je etwas Schönes gehabt hat im Leben. Vermutlich wurde er schon als Fohlen mit Missachtung bestraft, weil er so hässlich und unförmig ist. Es war nur niemand entschlossen genug, ihn zu Pferdewurst zu verarbeiten."

Korbas schien zu merken, dass über ihn geredet wurde, denn sein Ausdruck wurde noch trauriger. Sein überdimensionaler Schädel hing wie ein Klotz nach unten, als würde er jeden Augenblick herunter fallen.

"Das einzig Schöne, was er je hatte, war Miriam. Sie hat ihn geliebt. Sie hat ihn behandelt wie einen König, ihn geputzt, seine Mähne zu Zöpfen geflochten, ihn longiert, mit Karotten gefüttert, für sie war er das schönste Pferd und wenn jemand eine abfällige Bemerkung über ihn machte, hat sie ihn bis aufs Blut verteidigt." Er seufzte tief. "Ich begreife es einfach nicht. Manchmal glaube ich, die Erde ist ein Ort, der geschaffen wurde, um unschuldige Kreaturen zu quälen."

"Jemand hat mir gesagt, dass Sie da waren, als es passiert ist."

"Ich war da ..."

"Wie ...?"

Alexander Hausch holte Luft. "Es war ganz banal. Ein recht windiger Tag. Dieser LKW fuhr am Reitplatz vorbei, sicher in fünfzig Meter Entfernung, er war beladen mit Heu, das mit einer blauen Plastikplane abgedeckt war ... und plötzlich kam diese blaue Plane angeflogen. Ich weiß noch, wie ich dachte: Das kann nicht wahr sein. Miriam war mit Korbas auf dem Reitplatz und die Plane flog direkt auf die beiden zu. Ich dachte, Heilige Mutter Gottes, das kann nicht gutgehen. Ich habe nur gesehen, dass es zu einem Tumult kam, Korbas hatte panische Angst vor Plastikplanen, er muss gescheut haben ... als die Plane weiterflatterte, lag Miriam auf dem Boden und Korbas stand neben ihr. Ich habe nichts gesehen. Aber man hat ja festgestellt, dass sein Huf ihr den Schädel zertrümmert haben muss. Verzeihen Sie, ich hätte das nicht sagen sollen."

"Doch, doch."

Korbas kam jetzt näher und blieb einen Schritt von Valerie entfernt stehen. Ihn so nahe bei sich zu haben, weckte in Valerie eine Flut von Gefühlen, die schwer auszuhalten waren. Wut, Ohnmacht. Aber wie sollte sie diesem Pferd etwas nachtragen, dieser elenden Kreatur?

So wie er aussah, musste sie sich fragen, wer mehr litt, er oder sie.

"Er vermisst sie", sagte Alexander Hausch. Seit sie nicht mehr da ist, ist er zu nichts zu bewegen. Es bricht mir das Herz jedes Mal, wenn ich in den Stall komme."

"Guter Junge", murmelte Valerie.

Alexander Hausch kaute auf der Unterlippe herum. "Es mag Ihnen vielleicht grotesk erscheinen, dass ich ein Versicherungsmakler bin und keine Haftpflichtversicherung für das Pferd habe."

Valerie sah ihn verblüfft an. "Was würde mir das nützen?"

"Es ist Ihr gutes Recht, mich zu verklagen."

"Sie meinen, ich könnte reich werden dadurch?", fragte sie.

"Nunja, wenn ich das Geld hätte ..."

Valerie fiel in eine innere Leere, aus der kleine weiße Federn aufzusteigen schienen. Korbas rückte noch einen Schritt näher und sein knochiger Schädel mit den zwei leeren Augen stand direkt vor ihren Augen. Sie stellte sich vor, wie er als Fohlen über die Weide gesprungen war, wie er am Euter seiner Mutter getrunken hatte und voller Hoffnung in die Welt geblickt hatte. Plötzlich erschienen in seinen traurigen Augen tanzende Lichter, ein Wasserfall in allen Farben des Regenbogens. Sie spürte genau, wie glücklich Miriam dieses Pferd gemacht hatte, und wie glücklich dieses Pferd Miriam gemacht hatte. Zwei Seelen hatten sich gefunden. Und jetzt war Miriam fort und würde nicht zurückkehren.

"Er begreift nicht, warum sie nicht mehr da ist", sagte Valerie.

"Er trauert um sie. Sie hätten die beiden zusammen sehen sollen. Ich habe noch nie einen Menschen und ein Pferd gesehen, die so aufgeblüht sind, wenn sie zusammen waren. Er frisst kaum mehr etwas. Wenn es so weitergeht, geht er ein."

"Ich danke Ihnen, Herr Hausch."

"Es tut mir so leid", sagte er und wischte sich eine Träne aus den Augen. "Ich war einfach finanziell an meinen Grenzen. Ich habe seit zwanzig Jahren Pferde, die immer versichert waren. Irgendwie dachte ich, dass bei diesem gutmütigen Kerl nichts passieren würde."

"Ich will kein Geld", erwiderte Valerie. "Geld würde mich nicht trösten. Noch weniger würde es mich trösten, wenn Miriams Tod auch noch ihre Existenz ruiniert. Ich bin froh, dass ich gekommen bin. Ich bin froh, dass ich Korbas treffen konnte."

"Ich hoffe, dass ich wieder jemanden finde, der sich um ihn kümmert. Ich habe noch zwei andere Pferde und einen Vollzeitjob. Sie haben nicht vielleicht ...?"

"Ob ich jemanden kenne? Ich bin nicht in der Pferdewelt unterwegs. Ich hatte immer Angst vor Pferden und habe mich nie wirklich zu ihnen hingezogen gefühlt", erwiderte Valerie.

"Es ist wahrscheinlich vermessen von mir, aber ich meinte, ob Sie vielleicht nicht ..."

"Ich?", erwiderte Valerie überrascht. "Nein, das ist ... Ich verstehe nichts von Pferden."

"Sie könnten es lernen."

"Ich ..." Sie sah den großen Braunen an. "Nein, das könnte ich nicht. Ich fühle zwar mit ihm und es tut mir leid, dass er, wie ich, Miriam verloren hat, aber um die Verantwortung für ein solches Tier zu übernehmen, dazu habe ich nicht die Vorausetzungen."

"Ich würde die Einstellgebühr, das Futter und den Hufschmied übernehmen. Die Versicherung und die Tierarztkosten. Sie müssten nur kommen und ... ich zeige Ihnen, wie man longiert, ich zeige Ihnen, wie man Hufe aufhebt und wenn Sie möchten, auch, wie man reitet." Alexander Hausch schien beflügelt von der Idee.

"Nein, das ist nicht möglich."

"Entschuldigen Sie, dass ich gefragt habe. Ich habe vergessen, was Sie durchmachen müssen."

"Ich verstehe Sie, aber ich bin definitiv nicht die richtige Person."

"Natürlich. Natürlich." Er tätschelte das traurige Pferd und Valerie ging zu ihrem Auto zurück.

20

Miou benahm sich, als hätte sie Valerie nie gekannt.

"Meine liebe Miou. Ich habe dich vermisst." Die Samtäugige schob sich durch einen Spalt in der Türe, die den Flur vom Wohnzimmer trennte und sauste davon. Sie ist sauer, weil ich sie so lange allein gelassen habe, dachte Valerie.

Valerie war mit dem Taxi vom Flughafen nach Hause gefahren, hatte nur schnell ihre Reisetasche abgestellt und war dann umgehend zum Stall geflitzt. Sie hatte Alexander Hausch vom Flughafen Atlanta aus ausgerufen, nachdem sie die Webseite seines Versicherungsbüros im Internet gefunden hatte, und mit ihm einen Termin ausgemacht. Es war ihr wichtig gewesen, ihn zu treffen, bevor die Wirklichkeit von Schlattstall sie wieder einholen würde.

Jetzt packte Valerie ihre Reisetasche aus, zog die Stiefel aus der Plastiktüte und sah dass an den Sohlen noch der Staub und Dreck der Ranch klebten. Sie hatte ein Bündel getrockneten Salbei mitgebracht, den sie aufheben wollte für einen wichtigen Augenblick, von dem sie wusste, dass er bevorstand, aber von dem sie noch nicht wusste, wie er aussehen würde.

Eine riesige Sehnsucht, Gitanes wiederzusehen, überfiel sie, aber sie hasste die Vorstellung, Evi zu begegnen.

Der Vorrat an Katzenfutter war aufgebraucht und wenn sie noch zum Einkaufen kommen wollte, musste sie los. Sie hatte die Reisetasche beinahe ganz ausgeräumt, nur eine Seitentasche blieb noch. Dort fand sie ihre Arizona-Straßenkarte und ein in Stoff eingewickeltes Bündel. Sie entfaltete es und ein handflächengroßes Zierhufeisen fiel ihr in die Hände. Ein abgerissenes Stück Papier mit einer handschriftlichen Notiz lag dabei. "Someone is waiting for this", stand darauf. "Jemand wartet darauf". Valerie schmunzelte, weil sie fast hundert Prozent sicher war, dass Salik ihr das ins Gepäck geschmuggelt hatte. Ein Gruß aus einer Welt, die wie ein Traum erschien, aber ohne Zweifel existierte.

Valerie steckte das Souvenir in ihre Jackentasche und griff nach dem Autoschlüssel. Wie auch immer, Hufeisen brachten Glück.

"Ich dachte, du kommst früher", waren die Worte, mit denen Evi sie empfing.

"Ich habe dir etwas mitgebracht", erwiderte Valerie.

Evi betastete das Hufeisen und seufzte tief auf die Art und Weise, wie sie es tat, wenn sie eine Botschaft von verwandten Seelen empfing. Valerie fragte sich, ob Evi tatsächlich wusste, dass eine Frau wie Salik Noor dieses Hufeisen gekauft hatte, vielleicht sogar mit der Absicht, dass es bei Evi landete. Alles war möglich, dachte Valerie.

"Das ist sehr freundlich", sagte Evi. "Es scheint, dass du dort einige interessante Menschen getroffen hast."

Es lag Valerie auf der Zunge, irgendetwas über ihre Reise zu erzählen, zwei, drei Sätze, aber sie spürte, dass Evi schlechte Laune hatte, wahrscheinlich trug sie ihr immer noch den Streit vom letzten Mal nach, was ja verständlich war, oder es war nur eine ihrer üblichen Stimmungs-schwankungen.

"Wie geht es den Pferden?", fragte Valerie.

"Gitanes geht es gut, auch wenn er sich allmählich auf seinen Abschied vorbereitet."

"Welchen Abschied?" Valeries Herz zog sich zusammen. Sie stürmte hinaus auf die Terrasse. Er stand am anderen Ende der Koppel. Ihre Sehnsucht nach ihm wurde riesig, als würde all das Wunderbare, Geheimnisvolle, das sie erlebt hatte, wieder verpuffen, wenn er nicht mehr da war. All diese Dinge, die sie erlebt hatte, waren in ihrer Vorstellung sehr plastisch, aber auch weit weg von der Welt in Deutschland und sie wusste nicht, wie sie die zwei Welten zusammenbringen konnte, ohne ihn. Er war die Brücke.

Gitanes drehte ihr den Kopf zu, ohne richtig Kontakt aufzunehmen und graste weiter. Valerie fühlte sich, als ginge sie über Eis und bräche ein. Evi stand in ihrem Rücken und Valerie spürte einen Schwall Feindseligkeit von hinten heranwehen. Zuerst, wurde ihr bewusst, musste sie die Sache mit Evi klären.

"Es tut mir leid, was ich letztes Mal alles gesagt habe und ich möchte mich entschuldigen", sagte Valerie.

"Darum geht es nicht."

"Worum geht es dann?", fragte Valerie.

"Ich ertrage nur deine Selbstgerechtigkeit nicht."

"Ich wüsste nicht, wo ich selbstgerecht bin, wenn alles, was ich fühle, immer noch Trauer ist und Schmerz und ... ich weiß nicht ..."

"Du und dein Schmerz, ihr seid die Weltmeister."

"Alles, was ich will, ist Gitanes sehen. Bitte, lass mich ein bisschen mit ihm allein sein. Dann gehe ich wieder. Ich werde dir das Pferdemüsli aus der Mühle besorgen, das du so gerne hast."

"Gitanes will dich nicht sehen."

"Ich verstehe nicht, warum du ... was du gegen mich hast."

"Du kannst mich doch auch nicht leiden."

Valerie lachte. "Aber zufällig steht mein Medizinpferd hier auf deiner Wiese. Ich muss ihn sehen, auch wenn ich auf dem Weg dahin Zerberus, den Höllenhund, besiegen muss."

"Zerberus, der Höllenhund, bin ich wirklich so schlimm?" Evi schien ernsthaft darüber nachzudenken. "Das tut mir leid." Evis Ausdruck wurde unerwartet mild. "Es macht mich nur so rasend, dass du so blind bist."

"Ich bin blind? Aber warum? ... In Arizona habe ich so viele Dinge gesehen."

"Das ist es ja, du weißt es und handelst nicht."

"Was weiß ich und was soll ich deiner Meinung nach tun?"

Evi seufzte, diesmal nicht, weil die Spirits mir ihr sprachen, sondern weil etwas sie ungeheuer frustrierte.

Gitanes hob den Kopf und kam auf Evi zugelaufen, der Druck in Valeries Brust ließ nach. Gitanes schmiegte sich an Evi und augenblicklich ließen ihre Wut und Frustration nach, Evis Gesicht war auf einmal schön, anmutig, Valerie hatte diese Schönheit an ihr noch nie zuvor gesehen.

Ach Gitanes, dachte Valerie. Du weißt einfach, was zu tun ist.

"Was meinst du mit blind?", fragte Valerie wieder. "Wirklich, ich bin ganz offen. Wenn ich etwas nicht sehe, ... das akzeptiere ich vollkommen, dann bitte, sag es mir."

"Es geht nicht um Gitanes", sagte Evi.

"Um wen dann?"

"Um Korbas."

Wie kam sie auf den?

"Du hast ihn heute Nachmittag besucht."

"Woher weißt du das?"

"Weil er es mir erzählt hat", erwiderte Evi trocken.

Valerie schluckte. "Und warum Korbas?"

"Er braucht dich."

Nun seufzte Valerie – aus tiefstem Herzen. Mit einem Schlag wurde ihr klar, dass Evi zu diesen fanatischen Tierschützern gehörte, die von ihren Mitmenschen erwarteten, dass sie sich mit Selbstaufopferung um arme Kreaturen kümmerten, die ohnehin längst beschlossen hatten, dass das irdische Dasein nichts für sie war.

"Ich werde nicht die Pflege von Korbas übernehmen", sagte Valerie streng.

"Weil er hässlich ist?"

Valerie merkte, wie sie wütend wurde. Diese Evi schaffte es doch jedes Mal. Sie wollte gegenüber Evi nicht begründen müssen, warum sie nicht zur Pferdebesitzern geboren war.

"Weil du glaubst, dass er deine Tochter getötet hat?"

"Zum Beispiel. Wie kannst du von mir erwarten, dass ich ein Pferd in mein Leben aufnehme, das mich immer daran erinnern wird?"

"Ich hätte etwas mehr Mut von dir erwartet." Evi schnaubte wie ein Pferd, das Spannung abließ.

"Ich verstehe das nicht." Valerie fühlte sich ohnmächtig. Sie war es leid. Dieser Weg war so unglaublich schwer.

"Warum hilft mir niemand? Ich schaffe das nicht", sagte Valerie. Am liebsten wäre sie gegangen, hätte Evi und Gitanes und alles hinter sich gelassen, wäre einfach in die Haut einer fremden, unbekannten Person geschlüpft und hätte ein neues Leben angefangen. Ja, sie hatte beeindruckende Dinge erlebt in Arizona, sie hatte einen Blick in das Gefüge der Wirklichkeit geworfen, sie hatte Miriams unglaubliche Liebe gefühlt und verstanden, dass sie keine Schuld an ihrem Tod hatte. Aber diese irdische Welt fühlte sich noch immer elend an, ihre Trauer war noch immer groß und ständig tauchten neue Probleme und Auseinandersetzungen auf.

Wie zur Bestätigung ließ der Schecke einen Haufen Äpfel fallen.

"Ich gehe", sagte Valerie. "Ich kann kein Pflegepferd

übernehmen, weil ich selbst ein Pflegepferd bin."

Evi sah sie ausdruckslos an.

Valerie knirschte mit den Zähnen. "Leider bin ich blind und egoistisch, beschränkt und ohne Heiligenschein." Valerie strebte auf die Terrassentür zu und Evi folgte ihr.

"Wo ist Tom?"

Valerie blieb abrupt stehen. "Frag ihn doch einfach. Ich bin sicher, er antwortet dir – aus der Wüste in Arizona, auch wenn es dort keinen Handyempfang gibt."

Valerie setzte sich heulend auf das Sofa in ihrem Wohnzimmer, ihr Blick fiel auf die Narzissen, die draußen blühten. Der Anblick reizte sie zu neuen Tränensalven. Miou kletterte auf ihren Schoß und rollte sich ein.

"Evi ist verknallt in Tom, sie hasst mich, weil sie glaubt, dass ich mit ihm flirte, aber ich will nichts von Tom. Ich will gar nichts von niemandem ... Ich dachte, ich hätte meine Trauer und auch alle möglichen anderen Probleme überwunden, aber jetzt bin ich wieder hier und ich komme immer noch nicht darüber weg, dass Miriam nicht mehr da ist und ich fange Streit an mit Menschen, die mir nichts Böses wollen, die mir eigentlich einen Tritt in den Hintern versetzen wollen, damit ich endlich aufwache." Ohne zu wollen, musste sie an Korbas denken, das grässliche, arme Tier, das allein in seinem Stall stand und niemanden hatte, der es liebte.

Das Telefon klingelte. Am Display erkannte sie, dass es Tamara war. Auf keinen Fall drangehen!, schoss es ihr durch den Kopf, dann griff sie wie in Trance zum Hörer.

"Hallo."

"Wie war's?"

"Gut. ... Wie geht es dir?", lenkte Valerie schnell von sich ab.

"Achja, ... mit Mark ist es wieder schwierig." Puh, dachte

Valerie, manchmal hat es auch Vorteile, wenn sich Mitmenschen nicht so sehr für einen interessierten. Ein bisschen über Mark ablästern, dachte Valerie, das würde ihre Laune wieder aufbessern.

"Nicht gerade einfach, hm?", sagte Valerie. "Das hast du doch bisher so an ihm geschätzt." Valerie merkte, dass Tamara die Antwort eine Spur zu provokativ war.

"So schlimm ist er auch wieder nicht", sagte Tamara spitz.

"Habt ihr wieder einen schönen Ausflug in seinem Porsche gemacht?", fragte Valerie.

"Nicht direkt. Er ist besessen von dem Gedanken, dieses Pferd zu finden, das Miriam getötet hat – und es umzubringen. Er hat einen Waffenschein ..."

Valerie zuckte zusammen, als hätte ihr jemand mit einer Stimmgabel auf den Kopf getippt, um einen bestimmten, aufschlussreichen Ton anzuschlagen. "Wie kommt er denn jetzt plötzlich darauf?"

"Er hat schon früher davon gesprochen. Erinnerst du dich an Ritas Geburtstag?"

"Das mit dem Pferd geht ihn doch gar nichts an."

"Männer sind nun mal so ... Ich weiß, er hat sich nie für Miriam interessiert. Er hielt sie immer für ein wenig gestört ... aber, sie gehört zur Familie, und er hat eben einen ausgeprägten Familiensinn und Gerechtigkeit geht ihm über alles. Weißt du, in ihm lebt ein Jäger ... ein Rächer. Ich glaube, dass in jedem echten Mann ein Rächer lebt, schließlich haben wir fünf Millionen Jahre lang so gelebt."

Valeries Gedanken wälzten sich mit provozierender Geschwindigkeit ein Flussbett entlang. "Ich verstehe nicht ganz ... Was hat er vor?"

"Wie ich gesagt habe, er will das Pferd erschießen."

"Aber er kennt es doch gar nicht. Er weiß nicht einmal, wo es steht, oder wie es heißt. Nachher erwischt er noch das falsche."

"Er wird es herausfinden."

"Das alles ist mehr als absurd."

"Ist es. Manchmal spinnt er eben, ich wollte es dir nur sagen."

"Wie geht es Tom und Rita?", fragte Valerie, um eine Verschnaufpause zu gewinnen.

"Gut. Sehr gut", erwiderte Tamara. "Einer der Hunde hat Mamas Schnapspralinen aufgefuttert. Sie wollen jetzt einen Zwinger bauen lassen." Valerie lachte, ohne genau sagen zu können, warum. Auf alle Fälle war dies genau jene Wirklichkeit, in die zurückzukehren sie sich gefürchtet hatte. Eine Wirklichkeit, die Äonen entfernt war von dem Licht und der Liebe, die ihr in Arizona begegnet waren. Aber auch eine Wirklichkeit, der schwer zu entrinnen war.

Ein irrwitziger Gedanke streifte Valerie. "Weißt du, ich denke gerade darüber nach, dass *ich* vielleicht *Mark* umbringen könnte. Damit hätten wir alle eine Sorge weniger."

"Was redest du da?", erwiderte Tamara unwirsch. "Verarschen kann ich mich selber."

"Nein, ich meine das ganz ernst." Valerie war entschlossen, jeden Pfad entlang zu gehen, so lange er sie von einer Wiederholung der ewig selben absurden Konversation mit ihrer Schwester wegführte.

"Sag mal, was ist mit dir los? Ich dachte, du hast Kakteen recherchiert. Du klingst, als hättest du LSD geschluckt oder Ayahuasca getrunken. Wird das nicht aus Kakteen gebraut?

"Weder das eine noch das andere", sagte Valerie und lachte laut. "Und das mit Mark meine ich absolut ernst. Wenn er dem Pferd auch nur ein Haar krümmt, komme ich persönlich vorbei und puste ihm das Licht aus." Sie beendete das Gespräch, sofort nachdem sie den Satz ausgesprochen hatte und ließ Tamara nicht die geringste Chance auf eine Antwort.

21

Ich schwebe in einem Vakuum, war Valeries erster Gedanke, als sie am nächsten Morgen aufwachte. Miou stand
mit den Vorderbeinen auf ihrer Brust und stieß ihr die Nase
ins Gesicht, sie hatte Hunger. Valerie fiel ein, dass sie ihrer
Nachbarin, Frau Retter, die Miou gefüttert hatte, die ver-
sprochene Postkarte nicht mitgebracht hatte und auch das
Katzenfutter hatte sie gestern zu kaufen vergessen.

Ich muss ein Pferd sehen, dachte sie, während sie die
letzte Forellenpastete in Mious Schälchen kratzte und einen
tiefgefrorenen Toast in den Schacht schob. Ich muss den
Boden unter meinen Füßen wiederfinden. *Ich muss zu Gitanes,* meinem Medizinpferd.

Sie parkte ihr Auto etwa hundert Meter entfernt von Evis
zugewachsenem Domizil, hinter einer Kurve, so dass Evi
nicht mitbekommen würde, dass sie sich näherte. Wenn die
Geister es Evi nicht einflüsterten, und dafür hatte Valerie
gesorgt, indem sie eine Stoßbitte an Wen-auch-immer-da-
draußen losgeschickt hatte. Valerie musste sich allein mit
Gitanes austauschen, Evis Gegenwart würde da zu viele
atmosphärische Störungen hervorrufen.

Valerie schlug sich durch das dichte Gestrüpp ans andere
Ende der Weide und setzte sich, so dass man sie nicht sehen

konnte, zwischen zwei Haselnussträucher. Gitanes hatte sie bemerkt.

"Komm zu mir, Medizinpferd", murmelte sie. Er spielte leise mit den Ohren, aufmerksam, als wolle er ihr eine unsichtbare Botschaft durch den Äther schicken. Valerie fragte sich, ob Evi aus dem Küchenfenster schaute und am Verhalten des Pferdes merkte, dass sich ein Mensch in der Nähe aufhielt. Valeries Gedanken schweiften ab und ergingen sich in allen möglichen Szenarien und Gitanes wandte sich wieder dem Gras zu. Valeries Mut fiel wie ein Stein in einen tiefen Schacht. Gitanes hatte den Respekt vor ihr verloren. Wie sollte ein stolzes, wunderschönes Pferd sich auch für jemanden interessieren, der von Häuptling Schwarzer Adler auf eine jenseitsmäßige Reise in die Welt der Spirits eingeladen worden war und nun so jämmerlich wieder gelandet war und nichts daraus gelernt hatte.

"Du musst mir helfen, alter Schwede. Ich bin verloren, ich schwebe schwerelos zwischen den Welten hin und her. Ich war bei dieser Zeremonie", begann sie ihm zu erzählen. "Ich habe Miriam wiedergesehen und Tom war ein ... Schutzengel. Habe ich mir das nur eingebildet? Wo ist Miriam? Oder ist das alles nicht wichtig? Muss ich nur in mein altes Leben endlich zurückkehren und arbeiten und vergessen?"

Drei Ameisen wanderten über ihre Hand in ihren Ärmel. Als sie sie abschütteln wollte, tauchte ihr Arm in einen Busch voller Brennesseln. Au, das würde wehtun. Als sie aufblickte, sah sie, dass Gitanes bis auf zwei Schritte an den Zaun gekommen war.

"Du bist also doch gekommen", flüsterte sie. Wieder hob er den Kopf und lauschte, als höre er etwas. Diesmal dachte Valerie nicht an Evi und begriff, dass sie, wenn sie nicht an Evi dachte, besser dran war.

Valerie setzte sich aufrecht hin und ließ ihre Seele in den

großen schwarz-weiß gefleckten Körper fallen wie einen Stein in einen tiefen Teich. Dort fühlte sie sich aufgehoben. Sie fühlte jetzt, dass Gitanes bei ihr war. Sie schlang die Arme um ihre Knie und ließ den Kopf nach vorn fallen. Sie fühlte, wie ihr Bewusstsein sich verschob und auf einmal wieder ein Hauch dieser Welt da war, der sie in Arizona begegnet war.

"Ich danke dir, Medizinpferd", sagte sie. "Ich wusste, du würdest mich verstehen." Gitanes hob den Kopf und richtete den Blick in die Ferne und wirkte dabei stolz und weise.

"Das mit Mark, meinst du, ich muss das ernst nehmen? Korbas, die unglückliche Seele ... Ich verstehe nicht, warum Mark so wütend auf ihn ist. So ein Volldepp." Valerie zupfte einen Grashalm ab und strich damit unter ihrer Nase entlang. Gitanes mahlte mit dem Kiefer. Valerie bestrich mit dem langen dünnen Halm ihre Hand, drehte sie um und schaute in ihre Handfläche. Sie lachte, als sie eine Spinne darin sitzen sah.

"Das Ganze kommt mir seltsam verstrickt vor", sagte sie und fand ihre Wortwahl in Bezug auf die Spinne richtig hellsichtig. "Wie eine Gleichung, deren Lösung ich nicht finde. Verstehst du das, Medizinpferd?" Gitanes sah sie aufmerksam an. "Ich spüre nur, wie dieses merkwürdige Netz, diese merkwürdigen Querverbindungen, sich immer feiner spinnen, ... anscheinend, so kommt es mir vor, bis ich, Valerie, begriffen habe, warum ... Nicht mit dem Verstand, mit dem Verstand kann man das gar nicht begreifen."

Sie sah Gitanes an und im Ausdruck seines Gesichtes sah sie plötzlich Miriam.

"Was willst du mir sagen?" Ein Knoten bildete sich in Valeries Magen.

"Da ist etwas, das ich nicht sehe, das verborgen ist, warum?" Gitanes machte kehrt und lief ans andere Ende der Weide. Gewöhnlich wäre sie jetzt traurig gewesen oder vielleicht beleidigt, aber diesmal fühlte sie sich nicht zurückgewiesen, sondern von einem warmen Gefühl erfüllt. Sanftmut breitete sich wie ein warmes Feuer in ihrer Brust aus. Die Sonne trat hinter den Wolken hervor und wärmte ihre Wangen. Valerie schloss die Augen.

Allmählich lernte sie zu verstehen, was Miriam mit den Tieren verbunden hatte. Es war gar kein großes Geheimnis. Valerie erinnerte sich, wie sie als Mädchen mit den Mohnblumen getanzt hatte, und mit Schmetterlingen Geheimnisse ausgetauscht hatte.

Wenn Miriams Lichtkörper, wie es in Arizona den Eindruck gemacht hatte, so über ihr Schicksal bestimmen konnte, warum war sie dann gegangen? Wegen mir? Weil sie sich bei mir nicht zu Hause gefühlt hat? Weil ich diesen schönen Ort, wo die Tiere und Menschen zusammen sind, vergessen habe? Nein. Miriam weiß, dass ich tief in mir so bin – und immer war. Sie war gern bei mir. Sie hat meine Liebe gespürt. Das weiß ich. Danke, ihr Ameisen und Brennesseln, danke, liebe Spinne, danke Gitanes, dass ihr mich daran erinnert habt.

Gitanes stand am anderen Ende der Koppel und blickte immer noch in diese Ferne, als würde er einem gewichtigen Gedanken nachhängen.

Auch er verlässt mich, dachte Valerie. Evi hat recht. Er wird gehen. Es war von Anfang an so, dass er nur für eine bestimmte Zeit da sein würde. Es ist okay, dachte Valerie. Etwas anderes wird kommen.

Valerie beugte sich ein wenig vor und sah, dass Evi auf der Terrasse stand. Hat es wohl doch mitgekriegt, dachte sie. Aber Valerie hatte gefunden, was sie gesucht hatte, sie war bereit, Evi ohne Vorbehalte zu begegnen.

Als Valerie bei der Terrasse ankam, saß Evi auf der Schaukel, die an einem Querbalken befestigt war, sie stieß sich mit dem Fuß ab und schwang leise hin und her. Ihre

Stimmung schien mild, Valerie lehnte sich an einen Holzpfosten der Veranda und sah, dass dort ein Zeichen eingeritzt war, ein viergeteilter Kreis, dessen Segmente mit Kreide eingefärbt waren: rot, schwarz, blau, weiß.

"Ich sehe zwar immer noch nicht das ganze Bild, aber ich verstehe jetzt, was du damit meinst, dass ich blind bin", sagte Valerie.

"Alles kann sich verändern in einem zerbrechlichen Augenblick. Jeder Atemzug kann alles verändern. Alles hängt davon ab, wie du handelst – und wann", sagte Evi in das Quietschen der Schaukel hinein.

Valeries Magen zog sich zusammen. Nicht als Antwort auf das, was Evi gesagt hatte, sondern als Antwort auf etwas, das aus der Luft angeflogen kam und sich festsetzte. Aus dem Nichts heraus machte Gitanes einen Satz zur Seite und galoppierte los, über die Koppel. Er machte kehrt und galoppierte zurück über die Koppel, den Kopf hochgeworfen, blieb stehen, verharrte und raste wieder davon.

"Was ist los mit ihm?", fragte Valerie erstaunt. Jetzt kam er auf sie zugelaufen und hielt nur wenige Schritte von ihr entfernt. Er sah sie mit seinen großen, sanften Augen an.

Valerie blickte sich suchend nach Evi um. "Sag mir. Was ist los?"

Evis Miene blieb unbewegt.

Da begriff Valerie. Sie lief los, zum Auto, klatschte die Tür zu, und drehte den Schlüssel. Noch wusste sie nicht, wohin sie fahren musste, aber sie würde es wissen.

22

Valerie raste in ihrem kleinen Auto die Serpentine hinunter, als würde sie in einem Thriller mitspielen und von der Mafia gejagt werden. Währenddessen versuchte sie geistig den Kanal offenzuhalten, auf dem Eingebungen wie Schmetterlinge hereinfliegen konnten. In der Steilkurve glitt sie auf die gegenüberliegende Fahrspur, und im selben Moment tauchte ein schwarzer BMW vor ihr auf. Er hupte brüllend. Zu Tode erschrocken riss Valerie das Steuer herum und prallte gegen die Steilwand, das Auto geriet ins Schlingern, der rechte Außenspiegel zersplitterte.

Das Lenkrad zuckte in ihren Händen, schließlich bekam sie den Wagen wieder unter Kontrolle. Sie hielt am Straßenrand und zitterte am ganzen Körper. Es ist keine gute Idee, während des Autofahrens telepathische Kommunikationsversuche zu unternehmen, dachte sie, zumindest nicht, wenn man mit 120 in eine Steilkurve einbiegt. Mit realem Tempo 30 schlich sie weiter.

In Unterlenningen war die Durchfahrt wegen Bauarbeiten gesperrt. Sie bog in die vom Hinweisschild ausgewiesene Straße ein. Zwei Kilometer weiter fand sie sich vor dem Misthaufen eines größeren Hofes wieder. Sie musste irgendein Schild übersehen haben.

Valerie weinte vor Ohnmacht. "Was tue ich hier? Ich bin durchgedreht und habe mich beinahe umgebracht und einen anderen Fahrer gleich mit. Sie fuhr ein paar Meter, um aus dem Sichtfeld der Wohnhäuser zu gelangen und machte den Motor aus. Sie legte den Kopf aufs Lenkrad und versuchte, ruhig zu atmen.

Wieder hatte sie das Gefühl, dass in diesem Augenblick etwas passierte, und dass sie etwas unternehmen musste. Aber sie war wie vernagelt.

Sie seufzte und schloss die Augen. Auch Miriams Tod habe ich nicht verhindern können, obwohl ich unbewusst eine Ahnung gehabt haben musste, zumindest wenn ich Tom glaube, dass er Gitanes schon letzten Sommer zu Evi geschickt hat. Ich bin so blind!

Endlich. Endlich. Valerie drehte den Zündschlüssel. So also fühlte es sich an, wenn man etwas *wusste*. So wie Evi Dinge wusste, wie Tom oder Salik etwas *wussten* ...

Sie wendete und fuhr den Weg zurück, den sie gekommen war. Dabei fand sie das übersehene Umleitungsschild. Das Handy klingelte.

"Du musst mir helfen", rief Tamara aufgeregt. "Mark hat das Pferd gefunden, er ist unterwegs zu ihm."

"Ich ebenfalls", erwiderte Valerie.

Marks Porsche stand vor der Scheune. Valerie sah, dass er mit dem Hofbesitzer redete, der in Richtung der Weide zeigte. Valerie erkannte das knochige Tier mit dem braunen Fell, die unförmige Gestalt von Korbas, die sich von den anderen grasenden Pferden abhob. Er stand abseits unter einem Apfelbaum. Mark würde das Tier doch nicht am hellichten Tag erschießen. Konnte er so verrückt sein? Valerie beantwortete die Frage mit Ja. Sie sah, wie er eine Hand in die Tasche seines Blousons steckte und loslief. Hatte er die Pistole in der Jackentasche? Der Hofbesitzer, in Gummistiefeln, ahnte nichts und stieg wieder auf seinen Traktor.

"Mark!", schrie Valerie.

Mark drehte sich im Laufen um, erkannte sie und lief weiter. Die Pferde hoben die Köpfe.

"Er hat eine Pistole", rief Valerie dem Hofbesitzer zu. "Er bringt ihn um, Korbas."

Der Mann sah Valerie verdutzt an und beobachtete Mark, dann kletterte er vom Traktor.

Mark positionierte sich am Zaun, zog die Waffe aus seiner Jackentasche und zielte.

Geistesgegenwärtig bückte sich Valerie nach einem Kieselstein und zielte ebenfalls. "Ich werde dich retten, Korbas", flüsterte sie. "Und jetzt bring dich in Sicherheit." Dann warf sie den Stein mit aller Wucht in Richtung des Pferdes. Der Stein musste ihn einen Bruchteil früher getroffen haben als die Kugel, die Mark abfeuerte, denn er machte einen Satz zur Seite und war unversehrt.

Mark zielte von neuem.

"Lauf, Korbas", schrie Valerie. An der Stallwand sah sie eine Longierpeitsche lehnen, sie griff nach dem langen dünnen Stecken, schob sich durch den Weidezaun und rannte, Peitsche schwingend, auf die Herde zu. Ihr war bewusst, dass sie sich dabei in Marks Schussfeld begab, aber er würde sie nicht töten. Und wenn ...

Die Pferde stoben vor der Peitsche in alle Richtungen davon. Valerie konzentrierte sich auf Korbas. Solange er in Bewegung war, konnte Mark ihn nur schwer erwischen. Sie achtete darauf, dass sie sich zwischen Mark und Korbas befand und ihm als Schutzschild diente.

Der Hofbesitzer hatte Mark inzwischen erreicht. Aus den Augenwinkeln sah Valerie, wie er sich auf ihn warf und ihm die Pistole aus der Hand schlug. Als ehemaliger Polizist war Mark gut trainiert, er schlug den kräftigen Landwirt zu Boden.

Valerie fühlte sich hilflos.

Sie sah den silbern lackierten Audi ihrer Schwester auf

den Hof einbiegen. Sie sah Tamara über den Hof eilen.

"Mark, hör auf!", schrie Tamara. Er drehte sich zu ihr um. Seine Miene erfror. Er wird sie umbringen, schoss es Valerie durch den Kopf. Prompt bückte sich Mark und hob die Pistole auf, die auf den Boden gefallen war.

"Blöde Schnalle. Was redest du da?", schrie Mark Tamara an.

"Ich bin deine Frau, Mark", erwiderte Tamara mit zitternder Stimme. "Gib mir die Pistole." Sie ging auf ihn zu.

"Bleib sofort stehen!", brüllte Mark. Tamara folgte seiner Aufforderung.

"Das Pferd kann nichts dafür", sagte sie. Valerie bewunderte die Courage ihrer Schwester.

"Es hat deine Nichte umgebracht – und es darf leben? Weil es ein Tier ist? Darf es leben? Wer lässt mich leben? Ich hasse diese Tierschützer. Sie sorgen dafür, dass diese Killer frei herumlaufen." Wieder trat er an den Zaun und zielte auf Korbas.

"Mark, bitte ..."

Marks Hand schwenkte von Korbas auf Tamara. Der Lauf seiner Pistole war auf ihren Kopf gerichtet.

Valerie erschrak zu Tode.

"Sag mir, dass du möchtest, dass das Tier leben soll."

"Es hat doch keinen Sinn, Mark."

Mark ließ sich nicht beschwichtigen. "Entweder du stirbst oder das Pferd", sagte er. "Du kannst es dir aussuchen."

"Mark, ich bitte dich."

"Du denkst, ich mache nur Witze."

"Nein."

Ein Knall zerriss die Luft. Valerie sah, wie ihre Schwester zusammenzuckte.

"Ich warte auf deine Antwort." Marks Stimme zerschnitt die Luft.

"Nimm mich", sagte Tamara.

Mark stand da, unschlüssig, dann ließ er die Waffe sinken. Er lief zu ihr hin, packte sie am Arm und zerrte sie zu seinem Porsche. Sie stiegen ein und kurz darauf verließ das Auto den Hof.

Valerie zitterte immer noch am ganzen Körper. Die Peitsche lag am Boden. Das große braune Pferd näherte sich und schob ihr seinen gewaltigen, knochigen Kopf ins Gesicht. Aus seinen Nüstern blies warme Luft. Der Geruch löste eine Erinnerung aus an den Hund, der in ihrer Nachbarschaft gelebt hatte, als sie klein war, den sie immer gestreichelt hatte und danach hatte sie an ihren Händen gerochen.

Valerie streckte die Hand aus und berührte Korbas am Hals. Ein milder Ausdruck trat in seine Augen. Die Angst und der Schrecken der vergangenen Minuten fielen von ihr ab, als würde er sie mit seinem großen Körper aufsaugen.

Valerie setzte sich unter einen der Apfelbäume. Korbas näherte sich und beschnupperte sie. Er graste zwei Schritte von ihr entfernt.

Valerie überließ sich dem Strom ihrer Gefühle. Es kam ihr so vor, als ob ihre Erlebnisse in Arizona jetzt erst bei ihr angekommen waren. Beides vermischte sich, das, was in Arizona geschehen war und das, was eben gerade passiert war und passierte. Sie hatte ihn adoptiert. Er war jetzt ihr Pferd, es gab kein Zurück. "Das hast du schlau angestellt, großes braunes Pferd", sagte sie.

Das Handy klingelte.

"Alles okay?" Es war Evi.

"Ja."

"Gitanes war sehr beunruhigt und ich habe mir Sorgen gemacht."

"Es ist alles okay."

Valerie erzählte Evi, was vorgefallen war und endete mit: "Ich habe das Gefühl, dass jetzt alles gut ist."

"Was ist mit deiner Schwester?"

"Ich hoffe, sie begreift langsam, was für ein Killer er ist und sie ist stark genug, ihm in den Hintern zu treten."

Evi lachte. "Sei vorsichtig mit deinen Prophezeiungen."

"Okay", erwiderte Valerie.

"Miriam ist immer noch hier", sagte sie nach einer Weile.

"Ich glaube, dass sie so lange geblieben ist, damit ich mich um Korbas kümmere. Ich werde nachher Alexander Hausch anrufen und ihn bitten, dass er mir seine Papiere übergibt. Dann kann ich Miriam vielleicht in Ruhe gehen lassen."

23

Zuhause wusch sich Valerie die Hände und warf eine tiefgefrorene Pizza in den Backofen, dann wählte sie die Handynummer ihrer Schwester Tamara. Tamara war auf dem Weg zu einer Freundin in Lübeck. Sie hatte Mark angezeigt wegen wiederholter körperlicher und psyischer Gewalt. Ihren Anwalt hatte sie ebenfalls verständigt. Die nächsten Wochen würde sie sich bei der Freundin vor Mark verstecken.

"Es tut mir leid, dass sich sein Zorn ausgerechnet auf das Pferd gerichtet hat. Warum, verstehe ich nicht."

Valerie wollte Tamara etwas erklären über Felder, die sich gegenseitig anziehen, die untereinander Ereignisse hervorbringen, aber sie war selbst zu verwirrt und fand nicht die richtigen Worte, um ihr etwas so Mysteriöses zu vermitteln.

"Wie geht es dir?", fragte Tamara und ihr Interesse klang diesmal aufrichtig.

"Ich bin jetzt Pferdebesitzerin."

"Herzlichen Glückwunsch. Es steht dir."

"Es steht mir?" Valerie konnte es kaum glauben.

"Du hattest schon immer so eine Seite. Und dein Superhirn wird sich etwas beruhigen."

"Ich habe keine Ahnung von Pferden. Morgen früh muss ich zum Stallausmisten antreten."

"Das klingt nach Spaß."

In der Nacht schlief Valerie unruhig, Miou lag nicht wie sonst an ihrem Fußende. Sie blieb öfters mal nachts weg, aber gerade heute hätte Valerie sie gerne bei sich gehabt. Aber dann, schließlich war sie selbst schuld, weil sie es noch immer nicht geschafft hatte, Katzenfutter zu besorgen und nur noch das Trockenfutter übrig war. Bestimmt wurde Miou von Frau Retter, der Nachbarin, besser behandelt. Valerie träumte von Miriam und als sie am nächsten Morgen aufwachte, hatte sie das Gefühl, dass Miriams Geist die Wohnung verlassen hatte. Aber sie wusste auch, dass Miriams Geist sich immer noch in der irdischen Welt aufhielt.

Mit einem Marmeladentoast in der Hand betrat Valerie das Zimmer ihrer verstorbenen Tochter, blieb in der Mitte stehen und sah sich um. Vielleicht sollte ich etwas wegwerfen, dachte sie.

Sie zog die Postkarte mit dem schwarz-weiß gescheckten Pferd aus der Schublade. Sie dachte an Tom, er hatte noch ein paar Tage in Arizona bleiben wollen, aber inzwischen musste er zurück sein. Valerie wählte seine Handynummer.

"Ich bin seit gestern hier", sagte Tom, "soll dich grüßen von Salik und den anderen. Sie hoffen, dass du wiederkommst."

Valerie wollte ihm von den jüngsten Ereignissen erzählen, aber er wusste schon alles von Evi.

"Evi hat gesagt, dass Gitanes weggehen wird."

"Ich habe einen Hof bei Nürnberg gepachtet. Dort ziehe ich mit Gitanes hin. Evi wird mitkommen", sagte er.

Waren die beiden doch ein Paar? Nein, das konnte sie sich nicht vorstellen. Aber, wer weiß? Andererseits, nur weil man zusammenlebte, musste man nicht gleich ein Paar sein. Vielleicht wollten sie in Zukunft nur enger zusammenarbeiten. Es schmerzte Valerie, dass sie Evi und Tom verlieren würde, nachdem sie eben erst ihre Freunde geworden waren. Aber darüber würde sie sich jetzt keine Gedanken machen. Sie konnte Tom und Evi und Gitanes ja auch besuchen.

"Du bist jetzt eine von uns", sagte Tom.

"Ich bin eine Anfängerin", erwiderte Valerie. Dann fügte sie hinzu: "Oder vielleicht kann man sagen: Eine frisch Eingeweihte."

"In a very powerful way", erwiderte Tom auf englisch.

Ein Hauch der Erlebnisse von Arizona streifte Valerie. "Ich habe das Gefühl, als ob sie alle gerade da sind, Salik, Karma, Chuck, Derek ..."

"Sie sind immer da."

Valerie schwieg. Sie spürte die innige Verbindung zu Tom, zu den Gefährten aus Arizona, – den Mitgliedern ihres Stammes, – wie Tom sie nannte.

"Darf ich dir noch eine Frage stellen, Tom?"

"Sicher."

"Ich habe das Gefühl, dass Miriams Geist immer noch hier ist. Was kann ich tun, damit sie endgültig gehen kann?"

"Gib mir einen Moment Zeit", erwiderte Tom.

Valerie stellte sich vor, wie er seine Spirit Guides befragte. Er räusperte sich, als schien er die Antwort gefunden zu haben. "Es war vorgesehen, dass sie ein Tier mit sich nimmt. Aber der Plan hat sich geändert", sagte Tom.

"Korbas?", fragte Valerie. "Er sollte sterben? ... Und ich habe es verhindert. Was bedeutet das?"

"Auf gewisse Weise scheint sie zu glauben, dass du die Botschaft noch nicht richtig verstanden hast."

Valerie war verwirrt. "Aber ich habe mich doch bereit erklärt, dass ich für Korbas sorgen werde. Was kann sie denn jetzt noch meinen? "

"Ich weiß nicht", sagte Tom. "Du wirst es sehen."

"Bis bald, Tom."

Valerie legte auf und sah die Postkarte in ihrer Hand an. Sie steckte sie in die Schublade zurück. Es ging um mehr, als darum, eine Postkarte wegzuwerfen. Ihr fiel ein, dass sie ein Pferd zu versorgen hatte. Auf dem Weg zum Stall würde sie gleich im Supermarkt vorbeifahren, Katzenfutter besorgen und sich mit Essen eindecken. Sie verabredete sich mit Alexander Hausch wegen der Papiere für Korbas und sie musste mit Herrn Starke, dem Hofbesitzer, einen Einstellvertrag abschließen. Wo war Miou?

Es war dunkel, als Valerie vom Stall und Supermarkt heimkehrte. Sie trug die Tasche mit den Einkäufen herein und stellte sie auf der Küchentheke ab. So eine merkwürdige Stimmung hatte sie in der Wohnung noch nie empfunden. Der Raum war leer und voll zugleich. Miou fehlte immer noch und Miriams Geist schien zurückgekehrt zu sein. Er schien in den Räumen zu schweben, als würde Miriam jeden Moment aus einem Nebelschwaden steigen und vor ihr stehen. Der Holzschrank knirschte, als wolle er in Einzelteile zerfallen. Miou war sonst immer hier, wenn sie zurückkam, sie machte ein Spiel daraus, vor der Haustür zu warten, bis Valerie nach Hause kam.

"Wissen Sie vielleicht, wo meine Katze ist?"

"Ja", sagte Frau Retter. Sie sah aus, als wäre sie noch mehr geschrumpft, seit Valerie sie das letzte Mal gesehen hatte. Als sie in Frau Retters Augen blickte, hatte Valerie ein ungutes Gefühl. Frau Retter hob den Arm wie einen knorrigen Ast und bat Valerie herein. Verbrauchte Luft umfing sie und die Ausdünstungen von Möbeln, die vermutlich seit hundert Jahren hier herumstanden. Valerie bekam weiche Knie.

Ich habe die Fähigkeit erworben, Unglück zu riechen, dachte sie und einen Atemzug später wusste sie, was passiert war.

Frau Retter versuchte mehrmals vergeblich eine knarzende Schublade zu öffnen, Valerie wollte ihr Hilfe anbieten, aber sie fühlte sich zu schwach. Schließlich gelang es Frau Retter, die Schublade so weit aufzuziehen, dass sie ihr eine Taschenlampe entnehmen konnte.

Das Licht, das vom Wohnzimmer nach draußen fiel, beleuchtete nur eine Hälfte des Gartens, in der anderen Hälfte brachte Frau Retter die Taschenlampe zum Einsatz. Zwischen Tulpen und Narzissen war eine Fläche von etwa einem halben Meter ausgespart. Dort stak ein metallenes Kreuz mit einer Christusfigur im Boden. Ein Ring aus Blüten war um das Kreuz drapiert – in Herzform.

"Sie wurde überfahren."

"Wann?"

"Gestern Nachmittag. Ich habe Unkraut gejätet hinter dem Haus. Die Haustür stand offen, Miou war bei mir, sie hat mich besucht. Ich habe die Bremsen quietschen hören. Ich bin nach vorn auf die Straße gelaufen ... und da lag sie. Sie war sofort tot."

"Miou ..." Valerie spürte, wie ihre Beine nachgaben. "Miou ...."

"Es tut mir sehr leid", sagte Frau Retter. "Ich habe sie in den Garten getragen. Dann dachte ich, dass es nicht gut ist, wenn Sie die tote Katze sehen, wo Sie doch erst Ihr Kind verloren haben. Ich dachte, es ist besser, wenn ich ihr ein schönes Grab mache – es tut mir wirklich sehr leid."

Die Tränen flossen über Valeries Wangen, in ihre Mundwinkel. Sie war froh, dass Frau Retter niemanden beschuldigte, auch den Fahrer nicht, auch nicht sie, Valerie – oder sich selbst. Es war gut, nur hier zu stehen und nichts zu sagen.

Valerie empfand eine tiefe Dankbarkeit für Miou, die ihr so viele Jahre eine treue Gefährtin gewesen war und zuletzt, nach Miriams Tod ihre einzige Freundin. Valerie hatte das

Gefühl, mitten in diesem Mysterium zu stehen, einem vibrierenden Raum, in dessen Mitte sich eine Tür öffnete und sie sah Miou durch diese Tür gehen.

"Entschuldigen Sie, ich muss gehen. Ich danke Ihnen, Frau Retter. Ich danke Ihnen sehr."

"Ich möchte Ihnen noch etwas sagen, Frau Rosenstein, auch wenn ich Sie nicht gut kenne." Frau Retters Stimme wurde sehr weich. "Wenn Miou mich besucht hat, habe ich mich oft mit ihr unterhalten. Das mag Ihnen merkwürdig erscheinen, dass eine alte Frau sich mit einer Katze unterhält."

"Nein, nein."

"Miou wusste, dass sie sterben würde, am Tag, an dem sie aus Amerika zurückkamen. Sie hat mir das mitgeteilt."

Sie standen schweigend am Grab. "Danke, dass Sie mir das gesagt haben."

"Ich möchte Sie bitten, diese Unterhaltung für sich zu behalten. Hier im Dorf würde man mich für plemplem halten, und ich muss mit diesen Leuten hier noch auskommen, bis an den Rest meines Lebens", sagte Frau Retter.

"Umso mehr möchte ich Ihnen für Ihr Vertrauen danken", sagte Valerie. "Und auch für alles andere, das Sie für Miou getan haben. Es tut mir leid, dass ich vergessen habe, die Postkarte mitzubringen, die ich Ihnen versprochen habe. Aber vielleicht haben Sie in den nächsten Tagen Zeit, dann erzähle ich Ihnen von Arizona."

"Ja, das wäre schön."

Valerie kniete vor dem Grab nieder. "Du große Seele, Miou. Wie reich bin ich, dich in meinem Leben zu haben. Wie zärtlich ist dein Geist, wie groß deine Weisheit. Meine Tränen sollen dich über den Fluss hinüber in die andere Welt begleiten. Eine Sache gibt es noch zu tun – und ich werde sie vollbringen."

24

Das Licht schimmerte durch die Blätter der Kastanie in Evis Wohnzimmer hinein. Valerie war erleichtert, dass Evi zu Hause war. Sie erinnerte sich, dass ihr Evi am Anfang sehr schrullig vorgekommen war, aber inzwischen hatte sie sie besser kennengelernt und konnte sie meistens sogar verstehen. Heute schien Evi ungewöhnlich aufgeräumt und klar.

"Ich möchte dich bitten, mit mir eine Zeremonie zu begehen, in der ich mich von Miriam und Miou verabschieden kann", sagte Valerie.

Evi nickte, als hätte sie so etwas schon erwartet.

Valerie setzte sich auf das Sofa, die Knie geschlossen, die Hände dazwischengeklemmt. Ich hoffe, ich bin bereit, dachte sie. Ein Knoten bildete sich in Valeries Magen.

Evi verschwand und kehrte nach einer Weile zurück in einem langen roten Rock, an dem Knochen und Federn befestigt waren. Darüber trug sie ein weißes langärmeliges Hemd und eine schwarze Stola mit Fransen um die Schultern. Auf ihrer Brust lag ein Medaillon, das an einer dünnen silbernen Kette aufgehängt war und eine gewundene Schlange darstellte.

"Komm", sagte sie und führte Valerie den Flur entlang in einen Raum, den Valerie noch nicht kennengelernt hatte.

Zwei Wandleuchten verbreiteten ein spärliches Licht. Am Kopfende des Raums war ein Altar aufgebaut, auf dem die Statue einer dunkelhäutigen Madonna in einem blauen Kleid stand. Evi stellte drei große Kerzen auf: eine weiße, eine rote und eine schwarze.

"Die weiße steht für Miriam, die schwarze für Miou und die rote für dich", sagte Evi. Sie reichte Valerie eine vierte dünne weiße Kerze, und forderte sie auf, die Kerzen anzuzünden.

"Bitte die Seelen der Drei, ihr Licht zu zeigen."

Valerie zündete die Kerzen an. Die weiße Kerze, die für Miriam stand, flackerte wie ein Irrlicht, die Kerze von Miou brannte ruhig. Es war ein merkwürdiges Gefühl, für ihre eigene Seele ein Licht zu entzünden, aber es war nicht unangenehm. Noch vor wenigen Wochen hätte sie all das als Schabernack abgetan und sicher hätte niemand sie in einer Situation wie dieser angetroffen, aber jetzt erschien es ihr angemessen, sogar mehr als das, der Vorgang hatte eine eigene heilige Schönheit.

"Als Nächstes bitte ich dich, vor dem Altar niederzuknien", sagte Evi.

Valerie verspürte einen kurzen inneren Widerstand gegenüber der Aufforderung, dann gab sie nach.

Evi stimmte einen Gesang an, der nach einer Mischung aus Indianergesang, hawaianischem Volkstanz und türkischem Popsong klang. Plötzlich spürte Valerie ganz deutlich die Gegenwart von Miriam und Miou. Sie spürte auch den Geist von Gitanes und als sie auf ein braunes Tuch mit schwarzen krakeligen Zeichnungen schaute, das auf dem Altar ausgebreitet lag, erkannte sie darin die Umrisse von Korbas. Der Raum war angefüllt mit hilfreichen Geistern. Eine Welle von Traurigkeit schwappte über Valerie hinweg, dann wurde sie ergriffen von einer unbestimmten Ehrfurcht. Das Gefühl wurde abgelöst von einem Staunen darüber, dass sie sich tatsächlich in der Gegenwart all dieser Seelen befand, und dass sie alle gekommen waren, um an ihrer Seite zu sein.

"Bist du bereit?", fragte Evi.

"Ja, ich bin bereit", erwiderte Valerie.

"Richte deinen Blick auf die drei Lichter. Ich werde mit beiden Seelen Kontakt aufnehmen. Du wirst merken, welche zu dir spricht, dein Blick wird sich von selbst dorthin wenden."

Valerie hatte etwas Dramatisches erwartet, ein Ritual mit Weihrauchschwenken, wackelnden Tischen und flackernden Lichtern. Alles geschah in vollkommener Stille. Ihr Blick wanderte, ohne ihr Zutun zu der schwarzen Kerze. Sie sah Miou vor ihrem inneren Auge, nicht in ihrer physischen Gestalt, sondern in der Gestalt ihrer Seele.

"Sie ist so alt", sagte Valerie. "Uralt." Valerie wusste nicht, woher die Gewissheit kam, dass Miou schon viele Leben hinter sich gebracht hatte. Als Katze, als Falke, als ein Tier, das ausgestorben war und das Valerie in einem Buch über Frühgeschichte gesehen hatte. Ein Wisent, eine Art Rind mit zotteligem Fell und langen, gebogenen Hörnern. Sie sah diese Tiere, obwohl sie nicht physisch da waren. Sie sah sie auch nicht wirklich, in klaren Umrissen, es war mehr ein Wissen oder eine Gewissheit, dass sie da waren.

"War dein Tod ein Zufall?", fragte Valerie den Geist der Katze.

Ich bin zu alt für Zufälle, vernahm Valerie die Antwort.

"Aber welchen Sinn hatte er dann?"

Valeries Blick wanderte unwillkürlich zur weißen Kerze, die für Miriam stand. Jetzt sah sie die beiden Seelen, die des Mädchens und die der Katze vereint, als würden sie sich umarmen wie zwei Freundinnen, die alles zusammen tun, die gleichen T-Shirts tragen und auch zusammen sterben.

Wir gehören zusammen, sagte die Katze.

"Und ich?" Ein Schmerz durchzuckte Valerie. Ihr Blick war jetzt auf die rote Kerze gerichtet, ihre eigene. "Warum bleibe ich allein zurück?" Die Einsamkeit lag wie eine schwere Decke auf ihren Schultern. "Jetzt gibt es keine Seele mehr, die mich begleitet, die bei mir ist."

Diesmal blieben die Geister stumm. Der Schmerz wuchs, er breitete sich aus wie ein Feuer in Valeries Gliedern und erfüllte sie ganz. Etwas war an diesem Schmerz, das sich unterschied von den erstickenden Gefühlen, die ihr seit Miriams Tod alles Leben entzogen hatten. Dieser Schmerz blieb nicht stecken, er grub sich in sie hinein, als suche er ein Ende des Tunnels, einen Ausgang ans Licht. Während dieser Schmerz in ihr arbeitete, ohne ihr Zutun, fühlte Valerie einen Hauch von Erlösung. Der Schmerz war nicht gekommen, um sie noch mehr zu quälen, er war gekommen, sie zu heilen.

"Möchtest du dich hinlegen?", hörte Valerie Evis Stimme. Sie drehte sich um und sah, dass Evi eine dicke Wolldecke auf dem Boden ausgelegt hatte. Ein Adler mit ausgebreiteten Flügeln war darauf abgebildet.

"Ohja". Valerie fühlte sich schwer wie Blei. Sie hatte gerade noch so viel Kraft, um langsam in die Knie zu gehen.

"Ich habe so große Angst, allein zu sein, ohne Miriam, ohne Miou. Die Einsamkeit ist so erdrückend."

Der Spaten, er grub in der Erde ihres Körpers. Er stieß auf eine unterirdische Wasserleitung, ein paar Tropfen drangen durch das Erdreich nach oben. Eine Träne rann aus Valeries Augen, dann zwei, dann drei. Immer neue Ströme drangen aus dem Erdreich hervor. Als hätte eine Quelle den Weg an die Oberfläche gefunden.

Während sie weinte, waren Miriam und Miou bei ihr, auf eine Weise, wie sie die beiden nicht gespürt hatte, als sie noch gelebt hatten. Was Valerie jetzt spürte, war das pure Wesen dieser beiden Seelen. Sie war nicht allein. Miou und Miriam waren bei ihr. Das war Trost und zugleich Schmerz, denn sie musste sich von den beiden verabschieden. Sie waren ihr so nah gewesen, als sie noch gelebt hatten, deshalb wollte sie nicht von ihnen lassen. Und doch fühlte sie, zum ersten Mal, dass sie der Aufgabe gewachsen war.

"Ich bin bereit", sagte Valerie mit zitternder Stimme zu Evi. "Blas die weiße und die schwarze Kerze aus", sagte Evi.

Valerie ahnte, was es bedeutete. "Damit erlaube ich ihnen zu gehen."

"Ja."

"Es ist der natürliche Gang der Dinge, nicht wahr?"

"Du allein kennst die Antwort, Valerie."

"Ja, ich kenne sie."

Valerie erhob sich.

"Ich danke dir, Miou, dafür, dass du meine Seele berührt hast. Mögest du noch viele auf diese Weise segnen." Sie beugte sich vor und atmete leise aus. Das Licht flackerte, als leiste es einen letzten Widerstand, dann verlosch die Flamme. Valerie spürte deutlich, wie der Geist von Miou den Raum verlies.

Die zweite Aufgabe erforderte mehr Kraft. Dies war nicht nur der Weg zu Miriams Befreiung, sondern zu ihrer eigenen.

"Ich sehe jetzt das ganze Bild, Miriam. Ich sehe deine ganze Größe. Ich weiß, dass du in mein Leben gekommen bist, um mir diese Weisheit zu schenken. Ich war blind, viele Jahre, ich habe dir unrecht getan, aber du hast es hingenommen. Du bist dir treu geblieben, das war deine größte Gabe. Du kanntest deinen Weg und du hast ihn nie verlassen. Jetzt habe ich es verstanden. Nicht nur mein Kopf, mein Herz hat es verstanden. Während mein Verstand gerätselt hat und Lösungen gesucht hat für das Unlösbare, hast du zu meiner Seele gesprochen. Meine Seele hat alles aufgenommen. Es ist alles da. Zuvor wusste ich nicht einmal, dass ich eine Seele habe. Aber jetzt weiß ich es und ich werde es nie wieder vergessen. Du wohnst in mir und alle deine Schätze, die Reinheit deines Wesens werden mich begleiten. Ich danke dir für alles ... und komm gut an, in deiner neuen Heimat, wo auch immer sie sein mag."

Es brauchte nicht viel Kraft, um die Flamme auszublasen. Eine zarte Rauchsäule stieg über dem Docht empor. Valerie erkannte darin die Gestalt eines Pferdes. Der Rauch löste sich auf und eine unerwartete Klarheit erfüllte den Raum.

"Die Luft fühlt sich so rein an", sagte Valerie.

Valerie wandte sich zu der auf dem Boden knienden Schamanin. "Ich möchte mich bei dir bedanken, dafür, dass du so viel Geduld mit mir gehabt hast. Ich habe dich oft ungerecht behandelt, ich war misstrauisch und ich habe dich verurteilt."

"Manchmal dauert es eine Weile, bis wir unsere Augen öffnen können, aber wenn wir einmal die Wahrheit gesehen haben, vergessen wir die Dunkelheit, die hinter uns liegt." Evis Ausdruck war mild, der Anflug eines Lächelns huschte über ihre blassen Wangen.

"Ich danke dir für alles, was du für mich getan hast."

"Ich habe es gern getan. Und das sage ich aus ganzem Herzen."

Valerie umarmte die zerbrechliche Evi, dann trat sie einen Schritt zurück. "Falls ihr meine Hilfe braucht beim Umzug ..."

"Kann nicht schaden", sagte Evi.

"Ich werde jetzt nach Hause gehen", sagte Valerie und verabschiedete sich.

25

Wo war zu Hause, fragte sich Valerie, nachdem sie Evis Haus verlassen hatte. Die Antwort ließ nicht lange auf sich warten. Ihre Hände drehten wie von selbst das Lenkrad in Richtung des Stalls. Der Parkplatz vor der Scheune war leer. Der Misthaufen, der Traktor, die Weide waren von derselben Einsamkeit umgeben, die Valerie immer noch fühlte. Keine verborgene Einsamkeit, sondern eine geöffnete Wunde. Sie lief die Stallgasse entlang zur Box von Korbas.

Das große dunkle Tier hob den Kopf. Durch die Gitterstäbe hindurch traf sie sein Blick. Diesmal wandte sie sich nicht ab, weil sie sein Leid nicht ertrug. Diesmal erkannte sie in ihm ihr eigenes. Die Ereignisse hatten sie aneinandergeschmiedet. Korbas litt genauso wie sie. Auch er hatte den einzigen Menschen in seinem Leben verloren. Sie öffnete die Stalltür und betrat seine Box. Er neigte ihr seinen schweren, unförmigen Kopf zu, als hätte er lange auf sie gewartet.

"Ich bin jetzt hier, bei dir, Korbas. Zusammen werden wir es schaffen."

Ihr schien, dass sie im Auge des Pferdes eine Träne schimmern sah. An der Stalltür hatte sie ein Halfter hängen sehen. "Ich weiß nicht einmal, wie man so ein Ding aufzieht. Aber ich kann es ja versuchen." Sie untersuchte das Gebilde aus breitem Gewebeband mit der metallenen Schließe.

Korbas stand geduldig da, als wäre er bereit, auch den hundertsten Versuch über sich ergehen zu lassen. Schließlich hatte Valerie die Öffnung für den Kopf gefunden. Sie zog das Band über seine Ohren und schloss die Schnalle unter dem Kinn des Pferdes. Gut gemacht, meinte sie Miriams Stimme zu hören.

Valerie schob die Stalltür ganz auf. "Komm", forderte sie Korbas auf und er setzte einen Schritt vor den anderen, zögerlich, unsicher, ob sie es ernst meinte.

"Lass uns ein Stück zusammen gehen", sagte Valerie. "Gehen ist besser als stehen. Wir müssen uns bewegen, das ist die Hauptsache."

Korbas lief neben ihr her, die Stallgasse hinunter, weder drängelte er, noch ließ er sich ziehen. Es erfüllte Valerie mit einem unerwarteten Glücksgefühl, das Pferd neben sich gehen zu spüren, als habe es ein feines Gespür dafür, wo es seinen Körper platzieren müsse, um den richtigen Abstand zu ihr zu halten, und das richtige Tempo, um nicht zu schnell und nicht zu langsam zu sein.

Sie hatte keinerlei Absicht mit dem Pferd, sie war schon erstaunt, dass es mit Halfter neben ihr die Stallgasse entlanglief. Sie öffnete das Scheunentor, das Pferd lief ins Freie und blieb hinter ihr stehen.

Valeries Blick fiel auf seine Hufe, sie hatte immer Angst vor den Hufen von Pferden gehabt, aber diese flößten ihr keine Angst ein. Alles, was sie je über Pferde gedacht hatte, wurde überlagert von dem Gefühl, dass sie und Korbas ein gemeinsames Leid teilten. Anstatt Bedrohung empfand sie Geborgenheit, als wäre er jetzt der Ort, an dem sie das finden konnte.

Vor ihnen lagen Felder, die von bewaldeten Bergen umgeben waren und den Hof von drei Seiten einschlossen. Ein Weg schlängelte sich die Anhöhe empor. "Es wird gut sein, in den Wald zu gehen", sagte Valerie. Willst du mit mir dor-

thin gehen? Ich glaube, ich würde mich dort wohlfühlen."
Das Pferd machte ein paar Schritte und Valerie folgte ihm.
Als wären sie sich darüber einig, folgten sie dem Weg den
Hang hinauf und erreichten schließlich den Waldrand. Die
tanzenden Lichter auf den Blättern und Zweigen nahmen
sie ganz gefangen. Es war, als beträten sie gemeinsam ein
neues Leben, in dem das Wunder aus den einfachsten Dingen bestand: Einem Bach, der rechts des Weges sprudelte,
einem Pilz, der sich wie ein Fächer auf halber Höhe eines
Baumstammes aufspannte, einem Falken, der über einer
Lichtung kreiste.

Ich fühle mich als wäre ich in der Mitte der Welt, dachte
Valerie. Vollkommen still und vollkommen aufgehoben. Als
kenne ich das geheime Gesetz aller Dinge. Und er fühlt es
genauso, Korbas.

Jedesmal wenn Valerie das Ende eines Weges erreicht
hatte, wartete sie, welche Richtung Korbas nehmen würde
und folgte ihm. Sie drangen immer tiefer in den Wald ein,
und keinen Augenblick lang zweifelte sie daran, dass Korbas ihr wohlgesonnen war.

Nach einer Weile kam es ihr vor, als ob sie sich wieder in
Richtung des Stalles bewegten. Wahrscheinlich suchten
Pferde instinktiv den Weg dorthin, das zumindest hatte
Miriam öfters erzählt.

Bisher waren sie niemandem begegnet, aber jetzt spürte
Valerie, dass Korbas etwas gewittert hatte. Er hob den Kopf
und stellte die Ohren auf. Der Waldrand war schon zu erkennen, da tauchte eine Gestalt am Ende des Weges auf.

"Tom!"

Die Schritte des Pferdes beschleunigten sich.

"Wie hast du mich gefunden?", fragte sie erstaunt.

"Ich war auf dem Weg zu Evi. Da habe ich dein Auto auf
dem Hof parken sehen. Ich habe gesehen, dass die Box von

Korbas leer war und ich habe frische Pferdeäpfel auf dem Weg gesehen. Spurenlesen nennt man das."

"Du bist gekommen, dich zu verabschieden, nicht wahr? Heute ist der Tag der Abschiede."

"Besuch mich auf dem neuen Hof", sagte Tom und lächelte breit. "Wir werden sehr schöne Pferde dort haben. Ich habe eine Halbschwester von Gitanes gefunden und ich habe gefrorenen Samen von einem sehr schönen Mustanghengst mitgebracht." Seine Augen leuchteten. Pferde waren sein ganzes Glück. Er liebte sie wirklich. Und jetzt, wo sie selbst diese Liebe zu Pferden ein wenig besser verstand, verschwand die Fremdheit, die sie ihm gegenüber empfunden hatte.

"Ich möchte dich sehr gern besuchen", sagte Valerie. "Ich kann in Zukunft sicher jede Menge Tipps über Pferde gebrauchen. Außerdem muss ich Gitanes wiedersehen und natürlich seine Verwandten kennenlernen."

Ich bin nicht mehr allein, schoss es Valerie durch den Kopf. Da sind nicht nur Tom und Evi und Gitanes und Korbas, da waren auch ihre Freunde aus Arizona, Salik, Lauren, Donna ... Der Schleier der Einsamkeit war zerrissen. Sie empfand eine tiefe Liebe zu diesen Menschen, die durch Miriams Tod in ihr Leben gekommen waren.

"Ich habe immer geglaubt, dass ich das Geheimnis des Lebens mit dem Verstand erklären könnte, dass der Verstand das Maß aller Dinge ist", sagte Valerie, "und niemand konnte mich vom Gegenteil überzeugen. Bis ein Medizinpferd namens Gitanes in mein Leben getreten ist. Bis ich die Weisheit der Pferde kennengelernt habe." Sie hob den Blick zu Korbas. "Die Pferde haben mich gelehrt, dass es noch etwas anderes gibt, etwas Wunderschönes, das ich besser kennenlernen möchte." Der Blick in Korbas Augen traf sie bis auf den Grund ihrer Seele.

"Mein neues Leben hat gerade eben angefangen."

Sie folgten dem Pfad, der sie aus dem Wald hinaus führte.

"Ich glaube jetzt, dass ich doch eine Zukunft habe", sagte Valerie. "Auch wenn es lange nicht danach ausgesehen hat."

Über dieses Buch

Unsichtbare Netze

Bücher haben so ihre Art, ein unsichtbares Netz zu spinnen – und umgekehrt: ein unsichtbares Netz sucht sich einen armen Autor, in diesem Fall mich, damit ein bestimmtes Buch in die Hände von bestimmten Lesern fallen kann.

Es begann mit Gitanes

"Dein nächstes Pferd heißt Gitanes und ist ein Schecke", das war ein Satz, den mir meine arabische Stute und Seelenfreundin Tinnia eines Tages einflüsterte. Gitanes ist französisch und heißt auf deutsch Zigeuner. Zu der Zeit gab es jedoch keinen Platz für ein weiteres Pferd in meinem Leben. Aber ich konnte ja über eines schreiben.

Einweihung

Drei Monate später hatte ich in Arizona, USA, ein Initiationserlebnis, das mein Leben und meine Sicht der Dinge für immer verändert hat. Pferde spielten darin die entscheidende Rolle, ich begann ihre ungewöhnlichen Fähigkeiten als Heiler, Lehrmeister und Seelenfreunde zu sehen.

Der Tod eines Kindes

Einige Zeit später träumte ich die Geschichte zu diesem Buch und schrieb sie am nächsten Morgen auf. Als ich meine E-Mails las, fand ich die Zeilen einer Autoren-Kollegin, die vom Tod ihres Sohnes erzählt, genau das, wovon ich geträumt hatte. Zwei Monate später erzählte ich meiner britischen Pferdefreundin Rosie von dieser Geschichte, die ich inzwischen zu schreiben begonnen hatte und sie erzählte mir von ihrer deutschen Freundin Sabine, der vor kurzem genau diese Geschichte passiert war. Sie hatte ihre Tochter verloren durch einen Autounfall und stand nun da mit einem Pferd namens Giddy und einem zerbrochenen Leben, das, wie sie sagt, "durch Gottes Hilfe und den christlichen Glauben heute wieder sehr glücklich ist." Sabine war bereit, mit mir über ihre Gefühle zu sprechen und ich möchte Sabine meinen herzlichen Dank dafür aussprechen, denn dadurch habe ich einen tieferen Zugang zu der Geschichte gefunden.

Zigeunerpferde

Es dauerte noch ein Jahr, bis ich dazu kam, die Erstfassung der Geschichte fertigzustellen und ein weiteres Jahr, bis ich sie überarbeiten konnte. Inzwischen lernte ich Isabella Sonntag, die Verlegerin des Wu Wei Verlags (wu-wei-verlag.com) kennen und ihren Hengst Zingaro. Zingaro ist portugiesisch und heißt ebenfalls Zigeuner wie das Hauptpferd meines Romans, Gitanes. Zingaro war Isabella im Traum erschienen, nachdem sie mein Buch "Auf den Flügeln der Pferde" gelesen hatte, in dem es um intuitive Kommunikation mit Pferden geht. Am nächsten Tag stand Zingaro leibhaftig vor Isabella in einem Stall in Portugal und inzwischen ziert er einen Kalender ihres Verlags, ist ein prämiengekörter Hengst und auf dem Weg, ein Star zu werden.

Im selben Jahr kaufte Esther Kochte, die prominente Autorin und Bewusstseinstrainerin (thetafloating.com), die ich kennenlernen durfte, einen Hengst namens Gitano (spanisch für Zigeuner), und ich lernte die hochsensible Gitana (die weibliche Variante von Gitano) auf dem Hof von Almut von Döllen im Schwarzwald kennen. (nestjockel-hof.de).

Pferdezigeuner in vielen Sprachen.

Inzwischen war ich selbst zu einer Zigeunerin geworden.

Ich reiste von Hof zu Hof in ganz Deutschland, Norwegen, Frankreich und Arizona, USA, um Menschen das Wesen der Pferde als Heiler und Lehrer nahezubringen.

Ich beschloss, aus der Idee des "Medizinpferdes" eine Reihe zu machen, um mitten aus meinem Leben und meinen Erfahrungen mit den Pferden, Geschichten zu erzählen, in denen Pferde uns unbekannte Welten öffnen und in denen bedrohliche und unerklärliche Gefühle und Wahrnehmungen einen heilsamen Sinn bekommen.

Das Cover

Der Text war schließlich fertig und ich machte mich auf die Suche nach einem Cover. Als ich das Porträt "One with the wind" auf der Webseite der amerikanischen Pferdemalerin Kim McElroy (www.spiritofhorse.com) fand, wusste ich: Das ist es. Ich fragte sie, ob sie mir die Bildrechte für das Cover überlassen würde. Kim McElroy teilte mir mit, dass die Besitzerin des dargestellten Pferdes sie gebeten hatte, die Bildrechte nicht für kommerzielle Zwecke freizugeben. Das Porträt war für Alicia als Andenken an ihr geliebtes Pferd Casanova geschaffen worden und der Schmerz über den Verlust war noch zu groß. Kim McElroy bot mir verschiedene andere wunderschöne Cover an, aber ich war sicher, dass es dieses Cover sein musste. Ich schrieb eine E-Mail, die Kim an Alicia weiterleitete, in der ich erklärte, dass es in dem Buch um Trauer ginge und darum, wie Pferde uns darüber hinweghelfen können. Alicia antwortete mir: "Ich muss dir sagen, dass mir, als ich vom Inhalt deines Buches erfuhr, die Haare zu Berge standen. Ich habe meinen Verlobten, die Liebe meines Lebens, durch einen Motorradunfall verloren und – um es milde auszudrücken – ich war innerlich vollkommen zerbrochen. Ich kaufte Casanova kurz nach Jeffs Tod und das Pferd war alles, was ich hatte. Er war der einzige Grund, warum ich morgens aus dem Bett kam. Ich habe Cas immer gesagt, dass er die beste Medizin sei, wie passend ist da der Titel "Medizinpferd". Je mehr ich über das Buch erfahre, desto passender erscheint es mir, dass Cas auf dem Cover ist."

Ich möchte mich bei Alicia und Kim ganz herzlich dafür bedanken, dass ich die Rechte an dem Bild erhielt. Nicht nur Bücher, auch Pferde haben so ihre Art, unsichtbare Netze zu spinnen.

Die Leser
Meiner Erfahrung nach haben Bücher auch so ihre Art in die Hände von bestimmten Lesern zu fallen und in deren Leben die Netze weiterzuspinnen. Ich, die Autorin, meine Pferde- und Menschenfreunde, die sichtbaren und unsichtbaren, haben ihren Job gemacht. Jetzt sind Sie an der Reihe ...

Alles Gute
Ulrike Dietmann
Kirchheim, Januar 2012

Über die Autorin

Ulrike Dietmann, geb. 1961, studierte "Szenisches Schreiben" an der Universität der Künste Berlin und veröffentlichte zahlreiche Theaterstücke, Hörspiele, Romane, Übersetzungen und Sachbücher. Sie betreibt eine Schreibschule und arbeitet seit mehreren Jahren als Epona Instruktorin, ausgebildet von Linda Kohanov, in der Persönlichkeitsentwicklung mit Pferden. Sie lebt mit ihrer Familie im Raum Stuttgart.

Besuchen Sie ihre Webseiten:
www.spirithorse.info
www.pegasus-schreibschule.de
www.ulrikedietmann.de

www.spiritbooks.de

Bücher, die authentisch sind und Spirit haben

Die Bücher des Verlags erhalten Sie in allen Buchhandlungen und bei zahlreichen Online-Anbietern wie amazon.de. Sie können die Bücher auch beim Verlag direkt bestellen: www.spiritbooks.de.

Wenn Sie direkt beim Verlag bestellen unterstützen Sie den Verlag und die Autoren.

Die Vision des Verlags

Vertrauen in das Gespür von Leserinnen und Lesern

Bedingungslos authentische Bücher

Autorinnen und Autoren als Persönlichkeiten, die etwas Unverwechselbares zu erzählen haben.

www.spiritbooks.de

Heide-Marie Lauterer
"Mörderischer Galopp"
Ein Krimi aus dem mörderischen Reitstall-Alltag,
unterhaltsam, humorvoll, gnadenlos.

www.spiritbooks.de

Reinhold Fink
"Zeitenschnur"

"Reinhold Fink erzählt flott. Realität verbindet er mit irisch-keltischen Einflüssen, und lässt eine ungewöhnlich neue Welt der Fantasie entstehen. Für Freunde der Mystik. (Elfenschrift)
"Ein Buch, das fast wie "Illuminati" auf die Spuren alter Geheimgesellschaften führt." (Karfunkel. Zeitschrift für erlebbare Geschichte.)

Lesen Sie einen spannenden, unterhaltsamen Roman, der das alte Wissen der Druiden und Barden heraufbeschwört. Steigen Sie tief hinab in unsere Vergangenheit:

www.spiritbooks.de

Ulrike Dietmann
"Heldenreise ins Herz des Autors"
Das Handwerk der Inspiration

Finde heraus, was deine Autorenseele im Innersten bewegt.

Elf Schritte führen dich auf einer Heldenreise zu deinem kreativen Selbst, zur Quelle deiner Inspiration, zu authentischen Gefühlen und deiner persönlichen Ausdruckskraft.

www.spiritbooks.de

Ulrike Dietmann
"Auf den Flügeln der Pferde –
eine Heldinnenreise ins Herz der Kreatur"

Elf Schritte führen dich auf einer Heldinnenreise zu deinem
wahren Selbst, zu wahrer Verbindung mit den Pferden.
Ein Weg durch die Dunkelheit ins Licht.
Ein Weisheitsbuch, ein Arbeitsbuch, ein Buch für dich

www.wu-wei-verlag.com

www.ingramcontent.com/pod-product-compliance
Lightning Source LLC
Chambersburg PA
CBHW020227030726
47497CB00009B/2978